講談社文庫

神の時空《とき》

五色不動の猛火

高田崇史

講談社

この五色不動が、いつごろ、何を基準にして
五ヵ所に配置されたのかという疑問であったが、
その点については住職も明言を避けたいらしかった。

中井英夫『虚無への供物』

江戸五色不動の変遷

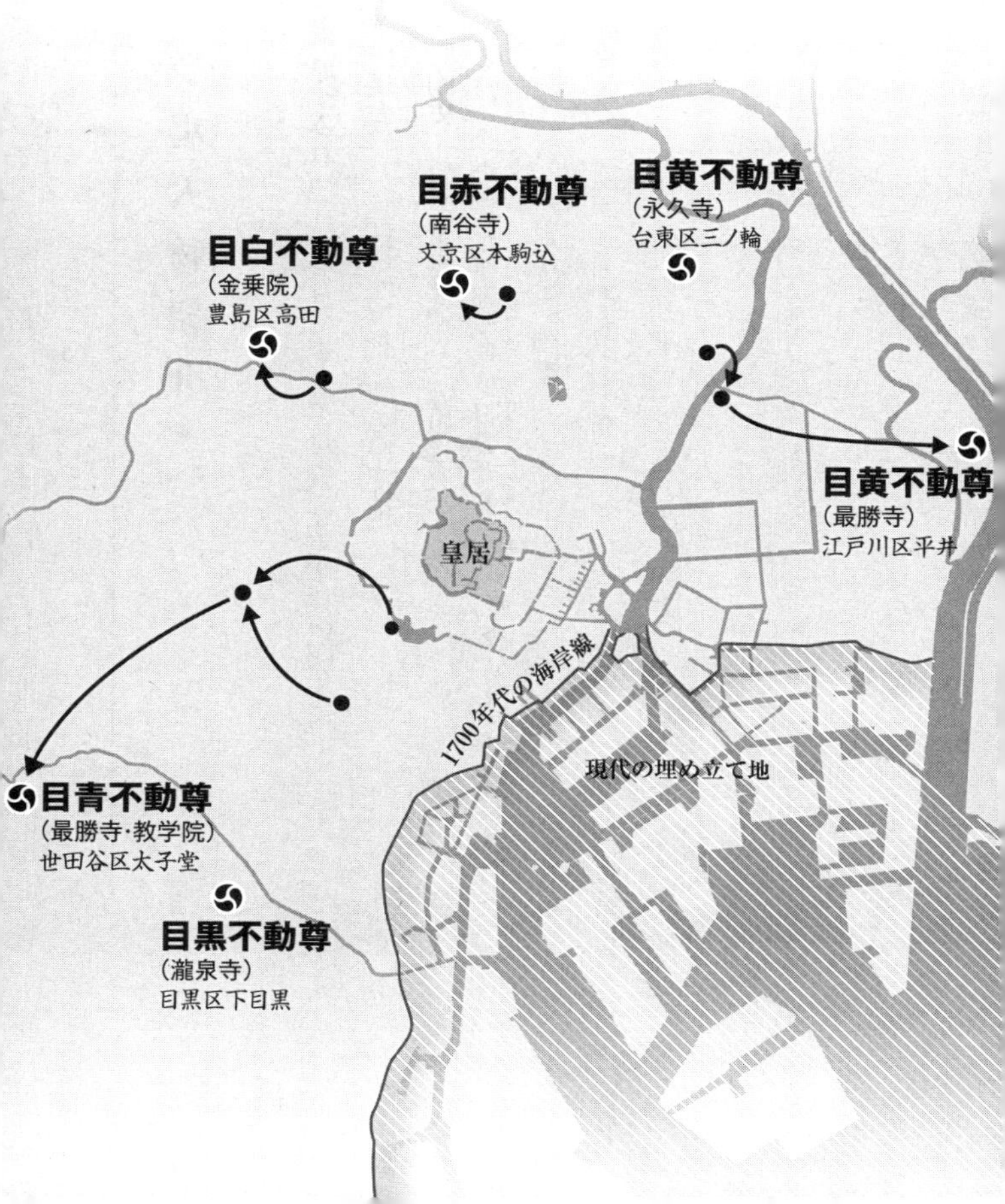

目赤不動尊
(南谷寺)
文京区本駒込
目黄不動尊
(永久寺)
台東区三ノ輪
目白不動尊
(金乗院)
豊島区高田
目黄不動尊
(最勝寺)
江戸川区平井
皇居
1700年代の海岸線
現代の埋め立て地
目青不動尊
(最勝寺・教学院)
世田谷区太子堂
目黒不動尊
(瀧泉寺)
目黒区下目黒

◉登場人物紹介◉

榊原《さかきばら》すみれ　碑文谷《ひもんや》女子大学文学部歴史学科の四年生。

華岡歳太《はなおかさいた》　警視庁捜査一課の警部補。

久野剛史《くのたけし》　警視庁捜査一課の巡査。

火地晋《かちすすむ》　常に「猫柳珈琲店《ねこやなぎコーヒー》」の片隅で原稿を書いている老歴史作家。幽霊。

高村皇《たかむらすめろぎ》　……………

磯笛《いそぶえ》　高村の部下。

［**辻《つじ》曲《まがり》家**］

もともとは中伊豆《なかいず》の旧家で、清和源氏《せいわげんじ》の血を引いている。先祖には尼《あま》や巫女となった女性がおり、その中にはシャーマン的な能力があった者もいた。現在は、長男の了を家長として、四兄妹で東京・中目黒の古い一軒家に暮らしている。

了《りょう》　辻曲家の長男。
渋谷のカレーショップ「リグ・ヴェーダ」の経営者。

彩音《あやね》　長女。神明《しんめい》大学文学部・神道学科大学院生。

摩季《まき》　次女。鎌倉・由比《ゆい》ヶ浜《はま》女学院一年生。

巳雨《みう》　三女。お下げ髪の小柄な小学五年生。

福来陽一《ふくらいよういち》　了のカレーショップの常連客。ヌリカベ。

グリ（グリザベラ）　巳雨に拾われたシベリア猫。辻曲家の一員。

神の時空《とき》　五色不動の猛火

プロローグ

明暦《めいれき》三年（一六五七）一月十八日昼過ぎ、未《ひつじ》の刻。

江戸、本郷丸山《ほんごうまるやま》の本妙寺《ほんみょうじ》から出た炎は、折《おり》からの強い北西《いぬい》の風に乗って、湯島《ゆしま》、神田《かんだ》、日本橋《にほんばし》をほぼ全焼させると、夜半《やはん》までに江戸の北東部を舐め尽くした。

空に吠える紅蓮《ぐれん》の炎と、辺り一面を覆う灰黒色の煙に、火消し組は殆ど為す術《すべ》もなかった。鳶口《とびぐち》や鋸《のこぎり》、通常の道具よりも更に長い柄《え》の指叉《さすまた》、そして木製の水鉄砲を手に勇敢に対峙《たいじ》したが、圧倒的な火焔の量に圧倒され、ただ被害者だけが続々と増えていった。

町人たちは、最小限の家財を抱えて逃げ惑う。しかし、重い家財道具を詰め込んだ無数の車長持《くるまながもち》が、狭い江戸の道そこかしこで大渋滞を引き起こし、避難経路を塞がれた誰もが立ち往生する。そこに大量の火の粉が降りかかって炎上し、ここでも多くの町人が焼け死んだ。また、運悪く転んでしまった女子供や老人たちは、背後から怒濤《どとう》の如く押し寄せて来る人波に踏み潰された。

特に被害が大きかったのは浅草橋門《あさくさばし》の辺りで、解き放たれた囚人を、脱走していると誤認した役人が門を閉ざしてしまったのである。そのため、神田川を渡れなくなった人々は逃げ場を失い、阿鼻叫喚《あびきようかん》の中を、堀や川へ転落して命を落とした。この場所だけで二万人以上の町人が落命し、深い堀が遺体で埋め尽くされた。

だが、なおも収まる気配を見せない大火は、八丁堀から隅田川《すみだがわ》対岸まで渡ると、必死の思いで深川霊巌寺《ふかがわれいがん》まで避難した人々に襲いかかり、寒さと恐怖で震えていた約一万人、ほぼ全ての人々が焼死した。当時の霊巌寺近辺は島になっていたため、それ以上後方に逃げることができなかったのだ。その炎が海岸線まで到達して、ようやく収まったかに見えた翌十九日の午前、巳《み》の刻。

今度は、小石川《こいしかわ》・新鷹匠町《しんたかじようちよう》から出火した。

炎は、あっという間に広大な水戸屋敷を焼き尽くすと、やはり北西の風に乗って、市ヶ谷《いちや》、麹町《こうじまち》と延焼し、そのままの勢いで江戸城天守を襲った。四代将軍・家綱《いえつな》は、側近だけを引き連れて何とか西の丸に避難したものの、正午過ぎには、当時日本最大を誇っていた天守閣が焼け落ちる。更に勢いを増した炎は、京橋《きようばし》から日比谷《ひびや》にまで到達した。

ところが、惨劇はこれだけでは終わらない。

夕方近い申《さる》の刻。今度は江戸城西の丸近くから出火したのである。夕刻になって強烈な西風へと風向きが変わり、それに煽《あお》られた炎は、桜田門《さくらだもん》、新橋《しんばし》、芝増上寺《しばぞうじょう》をも焼き尽くしながら海にまで達し、二日間にわたって江戸の町を焦土と化したこの劫火《ごうか》は、二十日の朝になってようやく焼け止まった。

一説によればこの火事で、江戸城本丸を始め、松平綱吉《まつだいらつなよし》らの大名屋敷等百六十軒余、旗本屋敷七百七十軒余、寺社三百五十余、町屋四百町余、橋六十余、倉庫九千余が焼失。それに伴う焼死者、十万余人といわれる。ほぼ江戸市中の大半が焼き尽くされたことになる。ちなみに、この火事で焼け落ちて以来、江戸城の天守閣は再建されることはなかった。

この後、幕府は「知恵伊豆《ちえいず》」と呼ばれた松平《まつだいら》伊豆守信綱《のぶつな》や保科《ほしな》正之《まさゆき》を中心に、江戸を防災都市にするべく動き出す。それまでにも、しばしば大火を出していた吉原の遊《ゆう》郭《かく》や、一旦火が出たら手の打ちようのない大きな芝居小屋などは、浅草・浅草《せんそう》寺裏手の畑地に移転させるよう通達した。そのために、元和《げんな》四年（一六一八）以来、江戸日本橋にあった吉原遊郭は「新吉原」として浅草寺裏に再建されることになった。主に落語や歌舞伎の舞台となる「吉原」が、この時から江戸に登場することになったのである。

また、幕府は市街地の道路を拡幅した。日本橋通りを始めとして、湯島、上野《うえの》広小路などを造り、同時に「火除《ひよ》け地」も設けた。更に避難路として、今まで戦略的に橋を架けていなかった隅田川にも大きな両国橋《りょうごく》を架け、隅田川東部を干拓し、新たな武家屋敷や町屋を造る。密集していた江戸の町を、徐々に郊外へと広げていったのである──。

「火事と喧嘩は江戸の華《はな》、というレベルの話じゃないわね」

榊原《さかきばら》すみれは、自分の部屋の机の前でアイスコーヒーを口に運び、資料に目を落としたまま大きく嘆息した。

すみれは、東京都目黒区にある碑文谷《ひもんや》女子大学文学部歴史学科の四年生。現在は、卒論真っ最中である。試験と卒論さえなければ、学生生活もどんなに楽しいだろうかと思うが、そういうわけにもいかない。

すみれの選んだテーマは、この明暦の大火と、一大都市としての江戸新生。

昔からすみれは、江戸時代にとても興味があった。というのも、歌舞伎好きな祖母の弘子《ひろこ》に連れられて、中学生の頃から何度も観劇に行くうちに、すみれ自身も好きな歌舞伎俳優ができてはまってしまい、同級生たちが、何とかというグループのライヴだとか、誰それの舞台だなどと騒いでいるのを横目に、しばしば歌舞伎座や国立劇場や新橋演舞場などに足を運ぶようになったからである。

といっても、祖母に連れて行ってもらわない限り、一等席や桟敷《さじき》席のチケットはとても手が届かない。だから大抵は、三階席の後方か、あるいは一幕見《ひとまくみ》で出かけて、役者たちに声をかける大向こうの人たちのすぐ隣で観劇することが多かった。

そんなこんなで歌舞伎にのめり込んで行くうちに、火消しの登場する演目がいくつもあることから、当時は、すみれの想像以上に火事が多かったことを知った。

また『三人吉三《さんにんきちさ》廓《くるわの》初買《はつがい》』という演目の元になった「八百屋《やおや》お七《しち》」の放火事件で捕縛されたお七が、天和《てんな》三年（一六八三）、わずか十六歳で火炙《ひあぶ》りの刑に処せられたなどという話も聞いて、いつか江戸の火事——特に、この時代最大の大火である「明暦の大火」に関して、きちんと調べてみたいと思い始めていた。事実、この大火以降旧来の江戸が、防災を含めた都市機能という一面だけでなく、その文化まで、見事な変貌を遂げているのだから。

そこで、テーマをこれに決めた。

そういう意味では、趣味と実益を兼ねた卒論であるかも知れない。

「題名に、大火からの再生、を入れようかな」

すみれはアイスコーヒーを口に運びながら、再び資料に目を落とす。

当時の江戸では、享保《きょうほう》、宝暦《ほうれき》、文政《ぶんせい》などの「大火」が百回以上もあり、その中でも、この「明暦の大火」、そして明和《めいわ》九年（一七七二）二月の「明和の大火——目黒行人坂《ぎょうにんざか》の大火」、文化《ぶんか》三年（一八〇六）三月の「文化の大火——丙寅《ひのえとら》の大火」が「江戸三大大火」とされている。

その三大大火の中でも、常に筆頭に挙げられるこの「明暦の大火」は、別名「振袖《ふりそで》火事」とも呼ばれている。

出火原因が、本妙寺での施餓鬼供養で焼かれた振袖が北西風に乗り、空に舞い上がって本堂に飛び火し、それが次々と延焼したという理由からだ。

ちなみに、その振袖は——女性たちの名前に関しては諸説あるが——「おきく」という十六歳で死んだ女性の古着だった。そして、それを手に入れた、やはり十六歳の「お花」も病で亡くなり、その古着は、質屋・伊勢屋に流れたが、それを手に入れた娘の「おたつ」も十六歳で病死したという。不思議なことに三人共に十六歳で命を落としているため、本妙寺では因縁を感じて回向《えこう》をしようと振袖を焼いたところが、この歴史に残る一大惨事を引き起こしてしまった。

そんな、非常に怨霊譚《おんりようたん》めいた伝説が残されている。

しかし、だからこそかえって——。

〝とっても、怪しい〟

あまりにも、タイミングが良すぎないか。

当時の幕府が一番頭を痛めていたのは、江戸の町の整備だった。大名が、忠誠の証として妻子を江戸に住まわせた「妻子江戸在府制」や、寛永《かんえい》十二年（一六三五）からの参勤交代制度に関連した人々、そしてそれに伴う商人や職人たちの流入によって江戸の町は超過密都市となってしまい、特に明暦の大火寸前には、三十万ともいわれる人口を抱えていた。

しかもそれらの人々全員が、ほぼ現在の山手線内の地域で生活していたのだ。ゆえに幕府としても、その外側を開発する必要に迫られていたが、遊郭や歌舞伎小屋はもちろん、町人たちも、なかなか移住しようとはしない。そこで幕府は、赤坂・四谷・新宿や、芝・高輪《たかなわ》・品川を開拓するために、寺社の移転を無理矢理に命じた。だが、それでもまだ江戸の人口膨張には対応できなかった。

そこに、この「明暦の大火」だ。江戸の町は一面の焦土。ごく一部の土蔵や石垣を遺して、一面の広大な更地《さらち》となった。

〝これ以上ないような、絶妙のタイミングね〟

やはり同じようなことを考えた先人もいるようで、実際にこの大火は「幕府放火説」というものもあるようだが、もちろん、幕府が大火に関与したという物的証拠は何一つない。しかも、江戸城もあれほど甚大な被害を受けているのだから、そんなことをするはずがないという理由で否定されている。

でも――。

すみれの頭の中で、何かが引っかかっている。

その上、卒論のテーマをこれに決めてから、心の中で不穏な胸騒ぎが止まらないのだ。たまに鼓動も速くなる気がする……。

すみれが、真夏でも愛用している長袖のブラウスの両腕をさすりながら、アイスコーヒーを一口飲んだ時、激しいノックの音と殆ど同時に部屋のドアが開いた。何事かと振り返ると、そこには真っ青な顔で、六歳年下の妹・ますみが立っていた。

「お姉ちゃん！」

「何よ」すみれは、不機嫌な顔で振り返る。「いくら同じ部屋で暮らしているからって、私が返事をする前にドアを開けて。ますみはいつもそうやって――」

「だって、大変なの！」

ますみは泣きそうな顔で訴えた。

「今、母さんと一緒にテレビを見てたら、そうしたらっ」

声が震えている。いや、手も足も、今にもその場にくずおれそうに戦慄《わなな》いていた。

「どうしたの。落ち着いて話してよ」

「あ、あのね、南《みなみ》と……隣のクラスの教子《きょうこ》が……」

「南ちゃんたちが、どうしたの？」

うん、と答えたますみの目から、大粒の涙がこぼれ落ちた。

「とにかく大変！」

「だからどう大変なの？　少しきちんと――」

「もしかしたら、死んじゃったって」

「えっ」その言葉に、すみれは思わずイスから立ち上がる。「どういうことなの」

しかしますみは、何も答えずにその場にしゃがみ込んで、大声を上げて泣き始めた。そこですみれは、あわてて階下へ下りる。するとリビングでは、母親の裕子《ゆうこ》が微動だにせず目を大きく開いたまま、じっとテレビ画面を見つめていた。

すみれも画面に目をやると、朝のニュースが流れていた。

繰り返します、とアナウンサーは硬く悲痛な表情で言った。

「遺体の身元ですが、世田谷区・三軒茶屋《さんげんぢやや》の犠牲者は、青山《あおやま》教子さん、十六歳。そして、豊島《としま》区・駒込《こまごめ》でのもう一人の犠牲者は、谷川《たにかわ》南さん、同じく十六歳とみて、ただ今確認を急いでいます。二人は偶然にも、碑文谷女子大付属高校の生徒さんで――」

えっ、とすみれは息を吞む。そして、

「母さん！」と裕子に呼びかけた。「どういうことなの？　一体何が起こったの」

しかし裕子は、ただ黙って首を横に振り、じっと画面を見つめているだけで、何も答えてはくれなかった。そこですみれは、再びテレビの説明を聞く。

アナウンサーは、昨夜遅く発生した三軒茶屋での火事と、続いて駒込で起こった不審火の話を伝えた。両方の現場で遺体が発見され、その身元はおそらく――。

三軒茶屋は、青山教子。碑文谷女子大付属女子高校一年生。

駒込は、谷川南。同じく碑文谷女子大付属女子高校一年生。

すみれは鳥肌が立ち、全身から血の気が退いて行く。

南には、すみれも何度か会ったことがある。ますみとは対照的に浅黒くスポーティだが、目が大きくてとても可愛らしい女の子だった。二人はクラスの友人の中でも特に仲が良く、何度かこの家に遊びに来た。とても明るく、しかも礼儀正しい女の子だった。

しかも、事件はそれだけに留まらず、未明には江戸川区平井《ひらい》で、やはり放火と思われる不審火と、同時に殺人事件が起こっているのだという。こちらの犠牲者は、確定している。牛嶋弘治《うしじまこうじ》。ますみの同級生、理奈《りな》の父親だ。そして理奈も、意識不明のまま病院に搬送されたという。

〝一体どうして？　何があったの……〟

すみれも裕子の隣で、食い入るようにテレビ画面を見つめた。

1

東京・中目黒の自宅で、辻曲彩音《つじまがりあやね》は、少し遅い朝食の用意をした。

そして、まだ眠たそうな妹の巳雨《みう》を起こして、ダイニングキッチンに連れてくる。

巳雨は、目をこすりながらイスに腰を下ろしたものの、欠伸《あくび》が止まらない。しかも、足元に座っている飼い猫のグリも、顎が外れそうなほどに大きな口を開けて欠伸をするものだから、それにつられて巳雨も何度も欠伸を繰り返していた。

巳雨の、小柄な体が今朝はもっと小さく見える。今年小学校五年生になったが、色白の小顔で、髪もツインテールのようなお下げにしているために、いつも小学校低学年に見られてしまう。本人としては、それが酷く不満のようだったが仕方ない。

「可哀想に。疲れたわよね」彩音は微笑《ほほえ》みながら、優しく気遣う。「朝ご飯食べたら、また寝なさい」

「うん……」

巳雨は寝ぼけ眼《まなこ》のまま、コップを両手で抱えるようにして、トマトジュースをゴクリと飲んだ。

「でも、シイタケいらない」

「椎茸なんてどこにもないわよ」彩音は、テーブルを見渡して苦笑した。「まだ夢の中なのね」

辻曲家四人兄妹次女の摩季《まき》が、あんな事件に巻き込まれてしまってからのここ数日間、巳雨も彩音と殆ど一緒に、鎌倉、京都、奈良と毎日のように出かけている。しかも昨日は、京都・伏見稲荷《ふしみいなり》で稲荷神や狐に取り憑《つ》かれてしまった。

巳雨がトロリとした目でトーストをかじり、グリもキャットフードをカリリと食べた時、インターフォンが鳴った。

彩音の顔に緊張が走り、目を細めて耳を澄ます。しかし、

「陽一《よういち》くんみたいね」ホッと肩の力を抜いた。「でも、どうしたのかしら。まさか、また何か事件でも？」

彩音は立ち上がると、小走りに廊下を移動して玄関の扉を開けた。するとそこには、予想通り福来《ふくらい》陽一が立っていた。彩音がすぐに家の中に招き入れると、並んで歩きながら陽一は、硬い表情で口を開いた。

「朝のニュースをご覧になりましたか」

いいえ、と彩音は首を振る。

「さすがに私も、ちょっと疲れて、さっき起きてきたところ。朝食を作って、巳雨を起こしただけでテレビは点けていない」

「そうですよね」陽一は、彩音の目の下の隈を見ながら頷いた。「ここ数日は、とんでもなく大変だったから」

「でも」と彩音は弱々しく微笑む。「私たちなんかより、了兄《りょう》さんの方が、もっと大変だわ」

「確かに」

陽一が首肯しながらダイニングキッチンに入ると、

「陽ちゃん！」巳雨が、トーストをかじりながら嬉しそうに笑った。「トマトジュース飲む？」

「いらないよ。ありがとう」

陽一も笑いながら答える。そして巳雨の隣に立つと、彩音の顔を見た。

「実は、今度は都内で変な事件が起こっているみたいなんです」

「東京で？」

「はい」

その返事を受けて、彩音は急いでテレビのスイッチを入れ、朝のワイドショーにチャンネルを合わせる。するとそこには、もうもうと黒煙を巻き上げながら燃えている住宅街が映し出されていた。レポーターが青ざめた顔で声を張り上げる。

「昨夜遅くから連続して起こっています、東京都内での不審火と殺人事件ですが、またもや今朝未明、江戸川区・平井で発生しました。現在、付近の寺社を巻き込み炎上中で、数台の消防車による放水、そして救助隊員による必死の救出作業が続けられております」

そしてレポーターは、手渡されたメモに目を落とした。

「今回の火元と見られる牛嶋弘治さんの自宅からは、長女の理奈さんが救出され、現在救急病院へと搬送された模様です。理奈さんは火傷を負っているものの、命に別状はないとのことです。ただ、まだ意識は戻っていません。警視庁と消防では、この火災も昨夜からの一連の事件と関係があるのではないか、との観点から捜査を進めており——」

「どういうこと？」彩音は顔をしかめて陽一を見た。「連続放火殺人事件って。亡くなった人たちは、火事に巻き込まれたわけじゃないというの」

「当初は、誰もがそう思ったようなんですが——」

と言って陽一は、昨夜の三軒茶屋と駒込の事件の話を伝える。こちらも、一般の家庭と寺社に延焼しているのだという。

「確かに駒込の女子は焼死体で発見されているんですが、三軒茶屋は、間違いなく殺人です」

「どうして断定できるの？」

「首を絞められていたようです」

「絞殺！」

「そして理奈さんも明らかに襲われたようで、意識不明に」

「なぜ……」

と言って、彩音は陽一の顔をまじまじと見る。

「もしかして、これも……」

「おそらく」陽一は首肯した。「彼らの仕業ではないでしょうか」

「ああ……」

彩音は大きく嘆息した。

彼らというのは、もちろん――。

高村《たかむら》皇《すめろぎ》たち。

摩季は、その男たちに殺されたのだ。

また高村は現在、自分の部下たちを使って日本国中の神社仏閣を破壊し、そこに閉じ込められている怨霊たちを解き放とうという、常識的には考えられない計画を次々と実行に移している。その過程で、摩季が巻き込まれ、彼の部下の一人である磯笛《いそぶえ》という女性に殺害されてしまったのである。

但し彩音は、高村の顔は知らない。二日前に嚴島《いつくしま》で声を聞いたことがあるだけだったが、それだけで暗い地の底へ引き込まれてしまうような気がした。

「確かに、嫌な『気』を感じる……」彩音は画面を見つめた。「辺りの空気が暗くて、とても重い」

「ちなみに現場では、不審な若い女性の姿が目撃されているようです」

「もしかして、磯笛？」

「分かりませんが、可能性はあります」

「何ということ……」

それにしても、と陽一は顔を曇らせた。

「今度は、東京のあちらこちらで放火と殺人ですか。殺人は、またもや『生《い》け贄《にえ》』という意味でしょうけど……。しかし東京中に放火なんて」

「想像を絶する行為だわ。でも、彼らが犯人ならば、その可能性は否定できない」

「明治維新の時の官軍のように、江戸の町——東京を、大混乱に陥れるために火を付けて回っているとか」

「それはないと思う」彩音は目を細めた。「今までの彼らの行動と、この間の磯笛の言葉からすると、彼らの目的は単純に騒乱を引き起こすことじゃない。必ず、誰かの怨霊を目覚めさせようとしているはずよ」

「ニュースでも言っていたように、付近の寺社も巻き込まれてはいるようです。ところが今回は、特に大怨霊と関係ありそうな神社仏閣ではないんです」

「そうね」彩音はこめかみを押さえた。「何となくだけど、今までとは少し雰囲気も違うようだし……」

「違うというと？」

「具体的には、まだ分からない。でも、何となく――。それでも、これが本当に彼らの仕業だとするなら、その場所に共通点があるはず。何らかの目標、ランドマークが。一応、念のために確認してみましょう」

　と言って、彩音は書棚から都内の地図帳を引っ張り出してテーブルの上に広げると、一ヵ所ずつ指で押さえて確認する。

「まず、世田谷区三軒茶屋。次に、豊島区駒込。そして、江戸川区平井……」

　彩音は嘆息した。

「確かに、近辺には特に大怨霊に関与している寺社はないわ」

「三軒茶屋の近辺にある神社は」陽一も地図を覗き込んだ。「あえて言えば、幕末の志士・吉田松陰《よしだしょういん》を祀《まつ》っている、松陰神社ですかね。彼が怨霊だといわれれば、その可能性はなくもない」

「私は、松陰が怨霊になったという話を聞いたことがない」彩音は首をひねった。

「次の駒込は？」

「少し離れますけど……上野・寛永寺《かんえいじ》でしょうか。徳川家由来の。あと、谷中《やなか》の墓地には、徳川慶喜《よしのぶ》の墓があります」

「そちらも、余り関係なさそうね」

「ええ」陽一も素直に認めた。「しかし、次の平井となると、もっと何もないですよ。燃えているのは、荒川《あらかわ》沿いの場所のようですし。この近くで怨霊に関係ありそうな神社は、一番近くても、菅原道真《すがわらのみちざね》を祀っている亀戸《かめいど》天神です。但し、現場から二キロ以上離れていますけど」

「おそらく、道真とは無関係ね」彩音は親指の爪を噛《か》んだ。「彼らがもしも道真を目覚めさせようとしたら、福岡の太宰府《だざいふ》天満宮に行くでしょう。あそこは、道真の墓所でもあるんだから」

「確かに」陽一は、地図に目を落としたまま頷いた。「この三ヵ所は、都内二十三区でも都心を離れて南西、北、東ですから、今回だけは無差別に放火を？」

「いくら何でも、手当たり次第というバカげた行動には出ないでしょう。しかも、全ての場所が東京の中央部を外れている。まだ何とも言えないけど、ひょっとすると、そこに私たちが気づかない怨霊がいるのかも知れない」

「大神《おおみわ》神社や、嚴島神社や、伏見稲荷大社の時のような？」

「ええ」

と彩音が小さく首肯した時、再びインターフォンが鳴った。そこで「はい……」と彩音が応答すると、

「朝早くから、申し訳ありません」

という野太い声が聞こえてきた。

彩音と陽一は顔を見合わせる。警視庁捜査一課警部補の華岡歳太《はなおかさいた》だ。この忙しい時に、また面倒な来客だ。

「了さんは」華岡は言った。「ご在宅ですかな」

「申し訳ございません」彩音は、きっぱりと答える。「出かけております」

「そうですか」華岡は、その返答は想定内、というように落ち着いて続けた。「それでは、了さんの代わりに彩音さんに、ほんの少しだけお話をお聞きしたい」

「すみませんけど、私もこれから出かけなくてはいけませんので、また今度にしていただけますか」

いいえ、と華岡は引き下がらない。

「ほんの数分で終わります。お手間は取らせませんので」

その返答に彩音は大きく溜め息を吐《つ》くと、陽一と巳雨の顔を眺めながら、

「分かりました」

と答えて玄関へと向かった。

＊

江戸時代、隅田川は「大川」と呼ばれていた。古典落語などにもしばしば登場する「大川」がそれだ。

やがてこの川の両岸を結ぶ大きな橋が架けられ、武蔵《むさし》国と下総《しもうさ》国の二つの国を繋ぐ橋という意味で「両国橋」と名づけられた。現在では専《もっぱ》ら隅田川花火大会で有名になり、大会当日は大勢の見物客でごった返し、川面《かわも》には夜空を彩る綺羅星《きらぼし》の如く、多くの屋形船が浮かぶ。

この隅田川花火大会の歴史を辿《たど》れば今から三百年ほど昔の享保十八年（一七三三）、徳川八代将軍・吉宗《よしむね》の命《めい》によって執り行われた「水神祭」が起源となる。その前年の享保十七年（一七三二）、日本全国が大飢饉に見舞われ、無数の餓死者が出た。そこに追い打ちをかけるかのように疫病――コレラが流行《はや》り、更に死者が増す。この時の餓死者と病死者を合わせると数万、一説では何と百万人に達したともいう。

そこで吉宗は「水神祭」を執り行い、亡くなった人々の霊を慰め、同時に疫病をもたらす悪霊を打ち払うために川沿いに花火を打ち上げさせた。同時にこれは、江戸に暮らす人々の心をなごませ、不安を和らげるという意味も持っていただろう。

〝そういう意味では、一石三鳥。賢明な政策だったな〟

ハンドルを握ったまま、滔々《とうとう》と流れる隅田川に目をやって、闇藤《あんどう》は思った。

しかし、まだ日付が変わったばかりの時刻で、川の面は黒一色。川岸の建物の明かりが、チラホラと映って揺れるばかりだ。この両国橋を渡れば、すぐに待ち合わせの場所。予想していた以上に道が空いていたので、約束の時間より早く到着できる。

闇藤は慎重に車を走らせながら、

〝それにしても――〟

と再び「江戸」に思いを巡らせる。

その時の吉宗は、間違いなく賢かった。

少なくとも彼は、不幸な死者――怨霊の何たるかを、そして過去の日本の歴史を熟知していた。当時の為政者に於いて最も大切だった行事。それは「鎮魂」。

魂鎮《たましず》めだ。

故に吉宗は、この場所で「祭り――祀り」を執り行った。何故ならば我々は、そういう怨霊たちと共にこの世で日々暮らしているからだ。面白可笑《おもしろおか》しく、またスリリングに語られる怪談話などとは違い、現実的にそういう「場」で生を営んでいる。

〝ところが最近では……〟

闇藤は苦笑する。

大きな災害や事故などが起こると、逆にその「祭り」を取り止めてしまうのだという。花火大会なども同様で、延期したり自粛したり、挙げ句の果ては中止にすらなってしまったなどという話も聞いた。

何ということだろうか。死者の魂を慰めるための「祀り」だというのに、本末転倒だ。祭りは単なる娯楽ではないのだ。

〝この頃の奴らは「祭り」の本質を全く理解していないか、完全に履《は》き違えてしまっているのだ。ならば――〟

闇藤は、冷ややかに口を歪《ゆが》めた。

〝このような事件を起こされても仕方ない。誰も文句は言えないはず〟

たかだか、ここ百五十年ほどの学説に乗り、神や怨霊の存在を忘れてしまった輩《やから》は、その神や怨霊のために命を落としても仕方がないではないか。それが自然の摂理というものだ。

両国橋を渡りきると、車は京葉《けいよう》道路をUターンする。そして両国二丁目、回向院《えこういん》の山門前に停まった。

この寺院の創建は、吉宗の「水神祭」より少し古く、明暦三年（一六五七）だ。明暦の大火で命を落とした大勢の人々を供養するために、この地に建てられたのである。現在ではすっかり、鼠小僧次郎吉《ねずみこぞうじろきち》の墓で有名になってしまっているが、その当時は「万人塚」という墳墓が建立《こんりゅう》され、徳川四代将軍・家綱の命によって、大法要が執り行われた。その後は、義太夫節浄瑠璃《ぎだゆうぶしじょうるり》の創始者・竹本《たけもと》義太夫の追悼墓や、歌舞伎の初代中村《なかむら》（猿若《さるわか》）勘三郎《かんざぶろう》や、浮世絵師であり戯作《げさく》者の山東京伝《さんとうきょうでん》・京山《きょうざん》兄弟の墓も造られ、その他、水死、焼死、牢死、水子、そして安政《あんせい》の大地震、関東大震災における数多くの無縁仏も祀っている。

闇藤は車を降りると山門をくぐり、鬱蒼と茂る竹に挟まれた白い石畳を歩いた。こんな打ち合わせに、うってつけの場所ではないか。というより、この仕事を大勢の死者たちに承認してもらうために、この場所を選んだかのようだ。

ほんの少し先の薄暗がりの中に、一人の小柄な男——老人が立っていた。痩せこけて、小さな目だけがギラリと光っている。まるでネズミのような小男だった。

「闇《やみ》か」

その男は闇藤を見つけると、小声で尋ねた。

闇藤が「ああ」と答え、

「おまえが、左《さ》か」

と尋ね返すと、その小男は貧弱な頭《こうべ》を縦に振った。

「車は？」

と「左」が尋ね、闇藤は首で門の外を示した。それを合図に、二人は石畳の上を歩く。すると「左」が、横柄な口調で尋ねてきた。

「場所は、きちんと分かってるのか」

「任せておけ」闇藤は答える。「平井だ。逆方向になるが、ここから五キロ程だ」

「じゃあ、あっさり終えるとしようかな」

「生け贄は？」

「目星はつけてある」

車に乗り込みながら「左」は言った。闇藤は軽く頷くとエンジンキーを回し、アクセルを踏み込む。そして、タクシーやトラックが途切れた隙を見計らって、再びUターンする。小さな体を埋めるように助手席に腰を下ろしている「左」に向かって、

「駒込の」と闇藤は尋ねた。「あれは、あんただな」

「おうよ」と「左」は、まるで昨日の天気の話でもするかのように気軽に答えた。

「わし一人ではなかったがな。もう一人の女と組んだ」

「女？」

「ああ、そうだ」と答えて、ニヤリと笑う。「わしの孫くらいの若い女だった。その時、わしは火を付けただけだが、そやつは眉毛一本動かさずに、生け贄の首を絞めおった。手練《てだ》れだ。可愛らしい女だったが、余り関わり合いたくはないな」

それで、と「左」は頷き、

「今回は荒川沿いだそうだが」

チラリと運転席の闇藤を覗き込みながら訊く。

「どうしてまた、そんな場所で事を起こすんだろうな」

「怨霊がいるんだ。そいつを目覚めさせる」

と闇藤は答えたが、そんなことは「左」とて百も承知だ。

「何の怨霊がいるんだ？」

それが分からないのだ。しかし闇藤は、

「我々は、命じられた通り動けば良いんだ」

そして、横目でジロリと「左」を見る。

「余計な詮索は、無用だ。いらぬ怪我をする」

「そ、それは、分かってる」

「そんなことより今回は、平井がすんだら、もう一ヵ所回るが、大丈夫だろうな」

「任せておけやい」

闇藤は、辺りに気を配りながら慎重に京葉道路を飛ばす。ここで警察に捕まり、目的が遂行できなくなったら大事《おおごと》になる。

「それならば良いがな」

と言うと闇藤は、口を閉ざしてアクセルを踏み込んだ。

＊

彩音が玄関を開けると、そこには日焼けした四角く逞しい顔の中年男性と、ツーブロックの髪型で眼鏡をかけたインテリっぽい若い男性が、二人並んで立っていた。警視庁捜査一課の華岡歳太警部補と、同じく久野《くの》剛史《たけし》巡査だ。

「お早うございます」彩音は、わざとニッコリと微笑む。「せっかくおいでいただいたのに、兄が不在で申し訳ありません。戻りましたら、また改めて――」

いえ、と華岡は彩音の言葉を遮った。

「少しだけ確認したいことがありまして、こちらの玄関先で結構ですので」

「私で分かりますでしょうか」

「もちろん、お分かりになる範囲で」華岡は、全く引き下がろうとしなかった。「それで充分です」

「はい……」彩音は、慎重に頷く。「それでよろしければ」

では、と華岡は言う。

「お兄さんの了さんは、どちらにお出かけでしょうか」

「さあ」と彩音は、小首を傾《かし》げた。「いつも、ふらりと一人で出かけてしまいますもので……。でも、おそらく夕方くらいまでには、向こうから連絡が入るのではないかと思います」

「そうですか」

そう答えて華岡は、玄関を見回す。

大丈夫。今日は了の靴を全てシューズボックスに仕舞ってある。外に並んでいるのは、彩音と巳雨の靴だけだ。

それで、と華岡は視線を戻した。

「例の、七年前の事件なんですが」

「七年前の事件とおっしゃいますと？」

わざと惚《とぼ》ける彩音を無視するように、華岡は言う。

「目黒不動尊近くで、若い男の遺体が発見された。しかし、通報を受けて我々が現場に駆けつけた時には遺体が消失していた。ただ了さんがいらっしゃっただけで」

「たまたまですね」

「偶然と言い切れないのは」と華岡は再び彩音を遮って言う。「それまでに何度もその現場で、了さんが目撃されているからです。しかも深夜に。続いてこの間の鎌倉の事件だ。ここでも遺体が綺麗に消失してしまった。あなたの妹さんの遺体が」

「不思議でした」

「ところが、ここにもまた了さんがいらっしゃった」華岡は、じろりと彩音を睨《にら》んだ。「こちらの理由の方が、不思議ですな」

「偶然は、重なるものです」

しかし、と華岡は言う。

「その後、目黒不動関係者から詳しくお話を聞いたんですよ。すると、また新たな情報が入りまして」

「……それは？」

はい、と今度は久野が口を開いた。

「寺務員の方の証言によりますと、了さんは、しばしば目黒不動尊本堂裏手へ行かれていたらしいんです」

「本堂の裏手へ？　それはまた、何故」

「その理由は、我々がお訊きしたい」華岡が言った。「前回、了さんからお話を伺ったところ、それほど熱心に不動明王を崇めていらっしゃるわけでもないという。では、どうしてそんな本堂の裏手まで行かれていたんでしょうか」

「さあ……」彩音は、できるだけ誠実そうに首を捻った。「全く想像できません。私自身も、そこまでは行ったことがないもので」

「我々は、行って来ました」

華岡は言って、合図を送るように久野を見た。それに応えて、久野は一枚の栞《しおり》を広げる。彩音が覗き込むと、それは目黒不動境内案内図だった。

「ここが大本堂です」と久野は指し示す。「『関東三十六不動霊場・十八番札所』とあります。そしてこちらが裏手。さすがに参拝客の数は随分減りますが、ここには、大日如来像がありました。案内図には『不動明王の本地仏《ほんじぶつ》』と書かれています。目の当たりにすると、非常に立派な銅造の像でした。天和三年（一六八三）に製作されたという、総高四メートルにも及ぶ像が、四天王像に囲まれて鎮座されていました」

じゃあ、と彩音は微笑む。

「兄もきっと、その立派な像を拝みに通っていたんでしょうね」

ほう、と華岡は冷ややかな目つきで彩音を見た。

「何のためにですかな？」

「ですから、それは兄に尋ねてみないことには何とも」

「了さんは、目黒不動尊そのものには、余り興味がないとおっしゃっていました」

「そうかも知れないですけど」

彩音は、久野の手にしていた境内案内図を指差した。その時、彩音の指が久野の手に触れ、あわてた久野は案内図を取り落としそうになったが、一つ咳払いすると再び広げた。そして「すみません」と謝る彩音に「い、いえ……」と耳たぶを赤くした。

「兄は」と彩音は言う。「ああ見えて――と言っても、どうお見えになっているのか分かりませんが――とても歌舞伎好きでしたから、この『比翼塚《ひよくづか》』などにも、興味があったんじゃないでしょうか」

ああ、と久野は言う。

「平井（白井）権八と、吉原・三浦《みうら》屋遊女の小紫《こむらさき》の塚ですね。鈴《すず》ヶ森《もり》刑場で刑死した権八を追うように、その墓前で小紫は自害した」

「え、ええ。よくご存知で」

いいえ、と視線を逸らす久野に代わって、

「しかしねえ」と華岡は言った。「その塚は、不動尊の入り口じゃないですか。全く理屈に合わないですな。だが――」

と華岡は彩音を見る。

「了さんが歌舞伎好きだったとは、初耳ですね」

「家族の間では、有名です」

ふん……と華岡は鼻を鳴らすと、一度久野を見て、

「ところで彩音さんは」低い声で尋ねた。「昨日から連続して起こっている、放火殺人事件に関して、お聞き及びでしょうかな」

「はい」彩音は硬い表情で答える。「私も昨日まで出かけておりましたので、今朝の

ニュースで知りました」

「出かけていた？」華岡は、じろりと彩音を睨んだ。「どちらまで」

「京都です。妹も連れて」

「ほう。それはそれは」

「まさか警部補さん」彩音は目を細めて笑った。「今回の事件に私たちが関与しているとでも？」

いいえ全く、と華岡は顔色一つ変えず取ってつけたように言う。

「それで、つい先ほど発生した放火殺人事件なんですがね。その現場は、三《み》ノ輪《わ》の浄《じょう》閑《かん》寺《じ》近辺なんですよ」

「えっ。また放火殺人が？」

「困ったことにね」華岡は顔をしかめた。「ただ、この一連の事件に関して、彼がちょっと興味深いことを言いましてね」

と言って久野を促す。久野は「はい」と小さく答えて話を受ける。

「ご存知かとも思いますが、浄閑寺は吉原の遊女たちの、いわゆる『投げ込み寺』です。大火で焼死したり、また引き取り手のいなかった何万もの遊女たちの遺体が、埋葬されています。もちろん遊女たちですから、権八・小紫のようにしばしば歌舞伎の題材になりましたし、実際に歌舞伎に登場する人の墓もあります」

「それが……何か」

「駒込の火事も、ご存知ですか」

「ええ。それも、今朝のニュースで見た程度ですけど」

「実はあの場所も、歌舞伎に関係なくはないんです」

「というと？」

「すぐ近くに、八百屋お七の墓があるんです」

「えっ」

「八百屋お七もご存知とは思いますが、火事で焼け出された際に避難した寺で会った男性にもう一度会いたいがために、自ら火付けをして捕縛され、やはり鈴ヶ森の刑場で火炙りの刑に処せられた」

「確か、まだ少女だったとか……」

そうです、と久野は頷く。

「現場近くには、彼女の供養塔や地蔵も建っています」

「この事件の犯人は、歌舞伎関係の史蹟や寺社を狙っているとでも？　まさか」

「可能性は捨てきれません」

「三軒茶屋や平井も？」

「それは、まだ何とも言えませんが……」

まあとにかく、と華岡は言い、久野は手帳を閉じた。

「今日は了さんにお目に掛かれず、残念でした。目黒不動の比翼塚によく行かれるほど歌舞伎好きならば、きっと浄閑寺や八百屋お七の墓参りにも行かれたことがあるでしょうから」

「そんな人たちは」彩音は笑った。「兄の他にも何万人といらっしゃるでしょう」

「しかし」華岡は彩音をじっと見つめた。「何万人のその中でも、二度も遺体消失現場に立ち合っていた方は、そういらっしゃらないでしょうからな。では――」

久野に合図を送る。

「すっかりお時間を取らせてしまい、申し訳ありませんでした。了さんがお帰りになったら、よろしくお伝えください。あと、もしも何かありましたら、こちらに直接ご連絡いただいても構いませんので」

と言って華岡は、久野に携帯の番号を教えさせる。

「では、よろしく。また改めて伺います」

そう言い残して、華岡と久野は軽く一礼すると去って行った。

彩音はすぐに鍵を掛けると、小走りにダイニングキッチンへと向かう。そして、やはり隣を足早に歩く陽一に向かい、

「少し喋りすぎたわ」彩音は軽く舌打ちした。「余計な嘘を吐いてしまったことで、

かえって疑いを持たれたかも知れない」

「そんなこともないでしょう」陽一は否定する。「どちらにしても彼らは、最初から了さんを疑ってかかっているわけですから、彩音さんが何をどう言おうと、彼らにとっては同じことです」

「そうだと良いんだけど」

それより、と陽一は言う。

「あの若い刑事が、面白いことを言ってましたよね。今回の事件と、歌舞伎関係の史蹟が関係しているなんて。余りに突飛な発想で、ぼくは思いつかなかった」

「そうよ！」

彩音は弾かれたように陽一を、そしてグリを膝に載せて静かに待っていた巳雨の顔を見た。

「私、今の彼らの言葉で閃いたことがあるの」

「それは？」

尋ねる陽一の言葉が耳に入らなかったように、彩音はテーブルの上に広げたままの地図に飛びつく。そして、

「三軒茶屋……駒込……平井。そして、三ノ輪」

と真剣な顔で呟きながら、地図の上に指を置いて確認した。

「何か分かったの、お姉ちゃん」

「ニャンゴ？」

　尋ねる巳雨とグリの声を受けて、彩音は頭を振った。

「でも……まさか、そんなバカな」

「何が、ですか？」

　尋ねる陽一の顔を見て、彩音は苦笑いした。

「とても考えられないし、あり得ないようなことなのよ……」

「だから、何がです」

　陽一の言葉に彩音は、弱々しく微笑んで全員を見た。

「多分、犯人の今回の目的が分かった」

「えっ」陽一は息を呑む。「それは？」

「五色不動」

「えっ」

　と息を呑む陽一を、そしてキョトンとしている巳雨とグリを見て、彩音は大きく嘆息した。

「彼らは、江戸五色不動を狙ってる」

2

辺り一面の炎だった。

火焔地獄。

焦熱地獄。

炎熱地獄。

まさに地獄絵図だった。

東西南北、どこを見回しても、
炎、炎、炎、炎、炎、炎、炎、炎、炎、炎。

天を焦がすなどという形容が生ぬるいほど、渦を巻くように空に昇って行く黒煙。

灰色、黒褐色、鉛色《なまり》、溝鼠色《どぶねずみ》。そして、次々に斃《たお》れてゆく死者を弔《とむら》うかのような、濛々《もうもう》たる墨染《すみぞめ》色の煙――。

すみれは、自分の目を疑う。

一体、ここで何が起こっているのだ。

いや、それは誰もが同じ思いだった。

江戸の町中に阿鼻叫喚の声が上がる。

全身を炎に包まれて走り回っている者。自分の背中が燃えているのにもかかわらず、必死に子供を庇って走る母親。抱き合って泣きながら燃えている幼い兄弟。年老いた親を逃がそうとして火の粉を被り、黒焦げになってしまった娘。自分たちもどろどろの大火傷を負っているのに、子供に水をやってくれと倒れたまま手を差しのべてくる両親――。

初めて知った。

六道《ろくどう》地獄絵図とは、この景色のことだったのか。

抹香臭い僧侶の言葉だけでなく、本当に存在していたのだ。

しかもこの世に。

こんな焦熱地獄は、殺生、邪淫、飲酒、妄語などの罪を犯した者たちが落ちる地獄だと聞かされてきた。その時は笑って過ごしたのだが、まさに今がその時だ。

その中を、すみれは無我夢中で走る。

少しでも炎から遠くへ！

裸足の足の裏に小石が喰い込み、降りかかる火の粉で自慢の黒髪もチリチリと焼けたが、そんなことを気にしている時ではない。

すみれは、神仏に祈りながら必死に逃げる。

両手で耳を塞ぎ、炎熱地獄から逃げる。

お稲荷さま、お不動さま、お地蔵さま。

お願い、誰か助けて。

〝姉さん！〟

……姉さん？

叫んでから一瞬、小さな疑問が頭の中をよぎる。

誰のことだ。

すみれに姉がいたのか。

いや！

今は、そんなことを考えている時ではない。

とにかく、少しでも遠くへ逃げるのだ。

すみれは走る。髪を振り乱し、脚にまとわりつく着物の裾を蹴立てるようにして、ひたすら逃げる。

すると。

道を埋め尽くす人々の中に、見慣れた男の顔があった。すみれの家のすぐ近くに住んでいる、藤五郎《とうごろう》という名の男だ。この江戸で姉妹二人暮らしのすみれたちを、いつも何かと気にかけてくれていた。その藤五郎もすみれを認めると、はっと表情を変え、怒濤のように流れる人波を掻《か》き分けてやって来た。自分も無数の火の粉を浴びて髪も着物もちりちりと焼けていたが、すみれを見て引きつった顔で微笑むと、震えが止まらない手をしっかりと握ってくれた。

「姉さんはっ」

「分からない！」

「よし」藤五郎は意を決したように頷いた。「とにかく、こっちへ」

すみれは無言のまま頷くと、藤五郎に手を引かれて走る。しかし、女の足だ。速くは走れない。このままでは、二人揃って炎に呑み込まれてしまう。火の粉が、ばらばらとすみれたちを襲う。

「先に逃げて！」

すみれは泣きながら叫んだが、藤五郎はすみれの手を離そうとはしなかった。すみれも藤五郎に引かれて、文字通り死ぬ思いで駆ける。しかしすみれたちは、行く手を塞ぐ車長持の群れに立ち往生してしまった。しかも、その一つ一つが炎を上げ、それを抱きかかえるようにして息絶えている持ち主と共に、激しく燃え上がっている。

藤五郎は歯ぎしりすると、すみれの手を取って脇道へと回り込んだ。

その時。

近くの家の柱が焼け落ち、大きな音と共にすみれたちを直撃した。

「危ないっ」

藤五郎はすみれを庇うように突き放す。

「ああっ」

手を伸ばして叫ぶすみれと藤五郎の間に、バラバラと炎の塊が落ちてくる。その熱風に吹き飛ばされそうになりながらも、すみれは炎に向かって手を伸ばす。しかし、後ろから見知らぬ町人に抱きかかえるようにして止められた。

「そっちは駄目だ。早く逃げろっ」

すみれは、それでも名を呼ぶ。

だが、そこまでだった。

すみれのすぐ目の前に大きな柱が焼け落ち、辺り一面は火の海になった。

止めてくれた町人も走り去り、その場に一人、呆然と立ち竦むすぐ目の前で、更に一段と大きな火の手が上がり、木の焦げる臭いと人の焼ける臭いが、ない交ぜになってすみれを直撃した。これではおそらく、藤五郎は助からない。

すみれは地面に跪《ひざまず》き、泣きながら両手を合わせると、ゆらりとその場を離れる。魂が抜けたようになったすみれは、人波に流されるように歩いていたが、癪《しゃく》が起こったように、突然胸が詰まった。

息ができない。

その場で踞《うずくま》りそうになる痛みをこらえて、必死に歩く。こんな場所でしゃがみ込んでしまったら、人波に踏み潰されてしまう。

生きなくては。すみれは歩き出した。

しかし何度も何度も突き飛ばされた。

痛みと心労で意識が遠くなってゆく。

すみれはただ呆然と足を前に運んだ。

人の流れの中に身を任せているだけ。

自分は本当に生きているのだろうか。

姉はどうしたろうか。

悪夢を見ているのか。

胸が苦しい！

誰か助けてっ。

誰かあっ……。


ハッ、と目を覚ます。

明るい天井が見えた。そして、

「お姉ちゃん。お姉ちゃんってば！」

叫ぶますみの声と一緒に、体が揺さぶられる。

ここは……。

いつもの自分たちの部屋だ。

「どうしたの」ますみが耳元で叫ぶ。「いつの間に寝ちゃったのよ。酷くうなされて。何の夢を見てたの」

ああ。そうだ。

夢だったんだ。

全ては夢の話。

現実ではなかった。

テレビのニュースを見ていたら急に具合が悪くなって、この部屋に戻ってベッドに入った。そうしたら――。

今の夢を見た。

「お姉ちゃん、凄く熱いよ」ますみの手が、すみれの額に触れた。「熱があるんじゃないの。こんなに汗をかいてるし。ブラウスが、ぐっしょり」

「うん……」と、すみれは答えたが――。

確かに最近、卒論のせいもあるのだろうが、時々江戸時代の夢を見ていた。しかし、これ程までにリアルな夢を見たのは、今回が初めてだった。

すみれは、大きく深呼吸する。

夏の湿った空気が胸に入ってきたが、息ができることがこんなに嬉しく感じられたのは初めてだった。

「ゴメンね」すみれは、ひきつった顔でますみを見た。「変な夢を見てた。大火事に巻き込まれた夢」

「朝、あんなことがあったしね」

「ありがとう。悪かった」すみれは、汗を拭いながら起き上がった。「大変なのは、ますみたちの方なのにね」

「うん……大丈夫」

「それで、南ちゃんたちはどうだって？」

「分からない」とますみは涙を浮かべる。「司法解剖だって。あと、平井の理奈は、まだ意識不明」

「どうして、あなたの友だちばかり」

「しかも今度は、三ノ輪に住んでる藤守《ふじもり》先生が、火事の中で行方不明だって」

「藤守先生？」

「学年主任の、藤守信郎《のぶお》先生。南の入ってた日本史研究会の顧問」

「えっ」

そういえば、南が良く言っていた。面倒見の良い、優しい中年の男性教師だと。

「一体、どういうこと？」

「分からないよ！」

そう言うと、ますみは堰が切れたように声を上げて泣き崩れた。

すみれは、ぐっしょり濡れた体のままベッドから下りると、優しくますみの髪を撫でた。でも――。

どうして碑文谷女子高の関係者ばかり？

すみれの頭の中で先ほどの夢と現実の火事が、ぐるぐると大きく渦を巻いた。

＊

「江戸……五色不動を狙っている？」

やはり微妙な表情で尋ねる陽一に向かって、彩音は頷いた。

「間違いなく」

「でもそれが」巳雨が尋ねる。「どうして、あり得ないの？」

「巳雨。不動明王は知ってる？」

「お不動さんのことでしょ」

「そう。東京には、黒・白・赤・青・黄という不動明王がいるのよ。それが、五色不動尊。その起源はインドにあるといわれてる。インドの密教では、大忿怒《だいふんぬ》の形相をしている五色不動があったたっていうから」

　ふうん、と巳雨は頷いた。

「でも、凄ーい。五色なんて、赤鬼さんや青鬼さんみたいで派手だね。見てみたい」

「でも江戸・東京の不動明王像は、インドとは違って、体全体がそれらの色というわけじゃないのよ。だから名前も『目黒・目白・目赤・目青・目黄』となっている」

「目が五色なの？」と言って、巳雨はグリを覗き込む。「グリの目みたいに青い人もいるんだ」

「そこもまた、何とも言えないの」彩音は苦笑する。「だから誰もが、江戸五色不動は『謎』だといっている」

「でも、五色は五色なんでしょう？」

「確かに平安時代は、実際に不動尊を五色で表したりもしていたようね。京都・青蓮《しょうれん》院《いん》の青不動や、高野山《こうやさん》明王院の赤不動、三井寺園城寺《みいでらおんじょうじ》の黄不動みたいに。でも、江戸の明王像はそうじゃない。目黒や目白もそう。どちらも立派な明王像だけど、色彩的には、ごく普通の明王像なのよ。『目黒』や『目白』が、そのまま地名になって残っているくらい有名な不動明王像なのに」

「変だね」巳雨は眉根を寄せる。「理屈が通らないよ」

「ニャンゴ」

じゃあ、と巳雨は尋ねた。

「その五色不動さんは、東京のどこにいて何をしてるの？」

「一説では」と陽一が答える。「江戸を守護するための結界を張っているといわれてるんだ」

「結界って、悪霊が入り込めないように、巳雨たちの家にも張ってあるやつでしょう。それが、東京全体に張られているの？」

巳雨の言葉通り、ここ辻曲家には強力な結界が張られている。霊的感受性が極端に強い巳雨を始めとして、辻曲兄妹が暮らしているのだから、そういった面に関して慎重になりすぎるということはない。玄関や廊下に貼られている何枚もの魔除《まよ》け札もそうだし、玄関先の盛り塩、リビングに置いてある魔斬鈴《まきりのすず》、毎朝焚《た》くお香、そして建物の四方に埋められている米俵……等々。現在、了が籠もっている部屋の入り口には、真新しい注連縄《しめなわ》と真っ白い垂《しで》が飾られていた。

「そういう意見もあるけど、彩音さんの言うように、これも何とも言えないんだよ。だから、これらの五つの不動尊は、江戸に通じる五街道の入り口を守護するために建てられたんじゃないかっていう説もある」

「微妙ね」

「ニャンゴ」

　そもそも──、と陽一は言った。

「それらの不動尊たちが、本当に江戸時代から存在していたのかというと、疑問があるみたいなんだ。目黒・目白・目赤しかいなかったんじゃないかってね。但し、少なくとも明治の頃には、五色不動巡礼という道は整えられていたようだね。そして最近は、パワースポットだとかいって、若い女性たちを中心にした『江戸五色不動巡り』というツアーらしきものも流行っているみたいだ」

「ふうん」

　まだ完全には納得できない様子の巳雨から視線を外すと、

「ぼくも以前に、色々と調べてみたことがあったんです」

　陽一は彩音を見た。

「でも、巳雨ちゃんじゃないけれど、どんな説を読んでも納得しきれませんでした。だからこの五色不動の話は、一種の都市伝説じゃないかと思っています」

「私も今までそう思っていた」彩音も素直に頷いた。「多角的に考えると、理屈に合わないの。それでも、今回だけは違う。少なくとも、この事件の首謀者である彼らはそう思っていない」

「その理由は？」

「事件現場よ」

「そう言われてみれば……」

呆然と呟く陽一を一瞥《いちべつ》すると、彩音はテーブルの隅に置いてあったノートパソコンを開いて検索する。そして、

「順番にいくから、一緒に確認して」

陽一に言った。

「まず――目青不動・最勝寺《さいしょうじ》（教学院《きょうがくいん》）の住所は、世田谷区太子堂《たいしどう》」

「三軒茶屋です」

「目赤不動・南谷寺《なんこくじ》は、文京区本駒込《ほんこまごめ》」

「駒込だ！」

「目黄不動は、二ヵ所ある。どうして二ヵ所あるのか、これも五色不動の謎の一つなんだけど、今は後回し――」

彩音は地図を見つめる。

「一ヵ所めは、目青不動と同じ名前の最勝寺という寺院で、住所は江戸川区平井。そしてもう一ヵ所の目黄不動・永久寺《えいきゅうじ》は、台東《たいとう》区三ノ輪」

「そのままです」

「今のところ、全ての場所が一致している。偶然とは言い切れないいんじゃない。私た

ちの見たニュースでは、被害に遭ったお寺の名前までは言っていなかったけど、おそらくこれらの寺院で間違いないはず。今回彼らは、この五色不動を標的にしている」

「ということは……その彩音さんの推測が正しいとすれば、次は目白不動か目黒不動が狙われる！」

「多分ね」

「どうしましょうか」

「行くしかないでしょうね」彩音は肩を竦めた。「まだ警察は、何も気がついてなさそうだから」

「摩季ちゃんに関しても、あと一日二日のところですから、面倒なことを起こしてもらいたくないですしね」

「それ以上に、この東京を滅茶苦茶にされたらどうしようもないわ。すでに三人も犠牲者が出てるし」

「了さんには、どうします」

「手紙を書いておくわ。どちらにしても兄さんは、部屋に籠もりきりだと思うけど」

「それが良いですね」と答えて、陽一は眉根を寄せた。「しかし、目白不動と目黒不動と言っても、広すぎます。目白は雑司《ぞうし》ヶ谷《や》から学習院《がくしゅういん》辺りまでの範囲を考えられますし、目黒不動になると、あの境内だけを考えても広大だ」

「そうね……」

と言って、彩音は目を細めると親指の爪を嚙んだ。やがて、

「そうだ」と目を輝かせた。「さっき教えてもらった連絡先で、久野さんに伝えてみる。目白不動と目黒不動を特別警戒指定してもらうように」

「あの刑事さんたちに？」

「ええ」

「信用してもらえるでしょうか。東京の結界を壊そうとしているなんて話を」

「そこまでは言わない。適当に誤魔化す」

彩音はニッコリと微笑む。

「そして私たちは、事件が起こった順番で、現場を回る。そこで何かが起こっているかも知れない。たとえば、結界が破られているとかね。そして、もしも破られていたりしたら、できる限り何とかする」

「そうしましょう」陽一は大きく頷いた。「刑事さんたちには、目白や目黒に行ってもらう。そしてぼくらは、違う場所へ行く。途中で出会うことはないから、煩わしくない。良い作戦です」

「すぐに、行きましょう」

彩音が車のキーを取り出した時、

「巳雨も行く！」

「ニャンゴ！」

巳雨とグリが叫んだ。

「ダメよ」彩音は、厳しい顔でたしなめる。「巳雨たちは、家にいなさい。兄さんのこともあるし」

「やだ！　一緒に行く」

「あなた、疲れてるでしょう」

「元気溌剌《はつらつ》」

「大体、不動明王に関してだって、良く知らないでしょう」

「車の中で、お姉ちゃんと陽ちゃんに詳しく教えてもらう」

「ニャンゴ」

「また何かに取り憑かれでもしたら大変よ。今回は不動明王だからそんなこともないでしょうけど、その近くに誰がいるか分からないんだから」

「お守りがあるから、大丈夫」

そう言うと巳雨は、いつの間に持ち出したのか辻曲家秘伝の「魔斬鈴《まきりのすず》」を手に取り、シャラン……と鳴らした。清らかな音色が、ダイニングキッチンに響き渡る。

「全くもう……」

彩音は大きく溜め息を吐くと、陽一を見た。

「またこんな、わがままを」

「今回は」と陽一も苦笑した。「都内ですし、彩音さんの車で一緒に回る分には安全じゃないですか。すぐに避難できます」

当然、彩音の車内にも結界が張られているからだ。

「行くーっ」

「ニャンゴーッ」

「……分かったわ」彩音は諦めて巳雨とグリを見た。「でも、絶対に勝手な行動は取らないでね。まだ、何が起こっているのか、これからどうなるのか、全く分からないんだから」

「特に」と陽一も言う。「もしも本当に五色不動が、東京の結界を護っていたとしたら、それが外れてしまった時、一体どんな事態に陥るのか予想もつかないからね」

「お不動さんたちの像が、全部燃えちゃったら？」

尋ねる巳雨に、陽一は答える。

「いや。結界を破るだけだったら、全焼させる必要はないんだよ。たとえば、不動明王像の一部が焼け落ちたり、どこか壊されたりして、そこに今回のように生け贄の人たちが捧げられたら、すぐに結界は破られるから」

「そうか」巳雨は頷くと、ポンと床に飛び降りた。「じゃあ、急いで行かなくちゃ！」

「ニャンゴ！」

「巳雨」了への手紙を書き終えた彩音は、それをテーブルの上に置きながら言った。

「本当にお願いよ。勝手な行動は慎んでね」

「分かってる。早く早く！」

巳雨とグリが廊下を走り、その後ろを彩音たちが追う。そして三人と一匹はエクストレイルに乗り込み、彩音はエンジンキーを回した。

＊

「——ということだそうです」

彩音の話が終わると、久野は携帯を切り、助手席でじっと前を見つめている華岡に報告した。

「次は、目白か目黒だと？」華岡は苦虫を嚙み潰したような顔で答える。「どうして奴らに、そんなことが分かるんだ」

「直感だそうです」

「何だとお？」

「でも、自分ならば信用してもらえると思ったと」久野は嬉しそうに言った。「これも、彩音さんの直感で」

「くだらん」華岡は吐き捨てる。「やはりあいつらは、この事件に関与しているな」

「しかし、それならばどうして次の現場を我々に？」

「警視庁を舐めてるんだ」華岡は、苦笑いする。「大昔の怪盗ものの映画みたいにな。あの了という男もそうだったが、今の妹も態度がおかしかった。あれは、完全に我々を馬鹿にしきってる。京都旅行だって怪しいもんだ。後ほど、きちんと裏を取らなくてはならんな」

いや、と久野は言う。

「何かを隠しているような雰囲気はありましたけど、決して警部補や自分をバカにしているような態度ではなかったです。むしろ、誠実な対応のように感じました」

「なんだ」華岡は久野の横顔を見た。「おまえにしては、珍しいことを言うじゃないか。どうしたんだ」

「いっ、いえいえ」久野は慌てて否定する。「特に何も。そ、それより警部補、この情報をどうしましょうか」

「念のため、本庁に連絡を入れて、地元の警官を回してもらおう。何かが起こってからでは遅いからな」

「はい」

と首肯する久野から視線を外すと、

「さて、我々はこっちだ」

華岡はニヤリと笑って、彩音の芥子《からし》色のエクストレイルを顎で指した。

「奴ら、予想通り動きだしやがった」

華岡と久野は、辻曲家を辞した後、少し離れた場所に停めた車の中で、ずっと辻曲家を張っていたのだ。

「俺たちが訪ねて行けば、必ず行動に出ると思っていた。おい、追うぞ」

華岡は言って、久野も、

「了解です」

真剣な目つきに戻ると、静かにエンジンキーを回した。

＊

小さく古いお堂には護摩《ごま》の煙と、低く流れる真言《しんごん》が充満していた。

昼なお暗い竹林に包まれて、風も涼しく吹く。いや、お堂近くを流れる急流の側を歩けば、夏だというのに渓谷を渡る涼風が寒いほどだった。

そのお堂を囲む回廊に、磯笛は瞑目《めいもく》して正座していた。時折渡ってくるその冷たい風が、磯笛の肩までの艶やかな黒髪を揺らし、真紅の唇にさらりと触れる。しかし磯笛は微動だにせず、まるで規律の厳しい禅寺の修行僧のように、背すじを立てて美しく座っている。ただ、無表情な白い顔の左の目にかかった黒い眼帯が、ポッカリと口を開けた虚無のように思えた。

ただ、これほど涼しいにもかかわらず、磯笛の白く広い額には、玉の汗が浮かんでいる。それはもちろん、今お堂の中で真言を唱えている男——高村皇に対する緊張と恐怖からだ。呼び出されたまま、まだ言葉はない。磯笛の周りにあるのは、上質なお香の匂いと、

「……ノウマク・サラバ・タタギャテイビャク・サラバ・ボッケイビャク・サラバタ・タラタ・センダ・マカロシャダ・ケン・ギャキ・ギャキ・サラバ・ビキンナン……」

高村の低く張りのある声で唱える真言だけだった。

磯笛も、まさか伏見稲荷大社で、あのような失態を犯してしまうとは、想像だにしていなかった。しかも自分には、吒枳尼天《だきにてん》が憑いているのだ。奈良・大神《おおみわ》神社で、死後の自分の魂を吒枳尼天に売り渡し、それと引き替えに命を救ってもらった。

にもかかわらず……。

稲荷神に敗れてしまった。

正確に言えば、吒枳尼天と習合している現在の稲荷のその前の稲荷神だ。まさかそんなモノが、あの稲荷山に存在しているとは、露ほども想像していなかった。そのために、高村皇から与えられた使命を果たすことができず、しかも稲荷山で配下とした巫女《みこ》二人を失い、愛狐の朧夜《おぼろよ》と共に東京まで逃げ帰って来たのだ。

何という恥辱！

しかも、またしても彼ら——辻曲姉妹たちに邪魔された。これも屈辱だった。そして何よりも、高村の命《めい》を全うすることができなかったことが、磯笛の心を暗く切り刻んでいた。

やがて、真言が途切れる。

磯笛は、ハッと目を開く。といっても、見えるのは右眼だけ。左眼は、吒枳尼天の物になっている。

「磯笛」

という高村の低い声が聞こえた。

「はっ」磯笛は、木の回廊に白い指を揃え、そこに額がつくほど平伏する。黒髪がはらりと揺れた。「この度は、誠に申し訳もございませんでした！」

「稲荷での話は知っている」

「全て私の至らなさから出たもの。この償《つぐな》いは、今ここで私の命を以て――」

「過ぎたことは、もう良い」高村は振り向きもせずに言う。「稲荷神の力を侮《あなど》ったのは、私も同じだ。自ら行くべきであったかも知れぬな」

いいえ！　と磯笛は震える声を張り上げる。

「誠に、誠に私めが」

「それよりも」

高村は、微かに横を向いた。透き通るように白い顔と、細く繊細な筆で描いたような眉、そして真っ直ぐに通った鼻筋がチラリと覗いた。

「またしても妙な輩が蠢《うごめ》いているようだが、気づいているか」

「はいっ」磯笛は平伏したまま返事する。「性懲《しょうこ》りもなく」

「気にするほどのこともないだろうが、もしも何かの障碍《しょうがい》となるようならば、おまえに任せる」

「あ、ありがとうございますっ」

更に深く平伏した磯笛の頬を、涙が伝った。

*

三人と一匹を乗せた彩音の車が出発すると、宣言通り巳雨が早速尋ねてきた。

「それで、そのお不動さんって、つまりどんな神様なの。普通の神様とは違うの？」

「神様じゃないわ」彩音がバックミラーで巳雨を見た。そして、微笑む。「ということは、私より陽一くんの分野ね。お願いするわ」

はい、と陽一が笑いながら口を開いた。

「不動明王は、いわゆる『神様』ではなくて密教などの『仏尊』の一人なんだ。それを物凄く大まかに説明すると、仏教の世界では、まず悟りを開いたお釈迦様のような如来がいて、その下には如来を目指して修行している菩薩がいる。弥勒《みろく》菩薩や観音《かんのん》菩薩や地蔵菩薩などがそうだ。次に、人々を救う役割を任された明王がいる。今回の、不動明王などだね」

「人を救うのね」

「そうだよ」

「じゃあ、どうしてあんなに恐い顔をしてるの？」

「優しく導こうとしても、仏の言うことをきかない相手には、威嚇《いかく》したり脅《おど》かしたりして、ちゃんと正しい道に導くためといわれてる」

「先生が、恐い顔で前田《まえだ》くんたちを叱るのと一緒？」

「そういうことだね。そのために、明王の扮装は獣の皮を用いたり、冠や胸飾りに髑髏を飾ったり、あるいは腕や足首に蛇を巻きつけたりしていて、おどろおどろしい。そして形相は、怒りに髪を逆立てて、舌や牙を剥きだしにして相手を睨みつけている忿怒相で、手には宝剣・宝棒・戟《げき》・索《さく》などの、さまざまな武器を持っている」

「本当に恐いね！」

「でも、如来や菩薩だと位が高すぎるから、遠慮してしまって親しめないという人たちのために、自分たちの近くにいる仏尊として明王、そして弁財天や大黒天などの天がいるという面もあるんだ」

「校長先生には直接お願いできないから担任の先生で、それでも言いづらい時は、学級委員長のえりちゃんに頼むようなものね」

「そうだね」陽一は笑った。「それで、色々なタイプの学校の先生がいるように明王も不動明王だけじゃなくて、他にも大勢いる。たとえば――」

と言って陽一は説明する。

「過去・現在・未来の三世と、貪《とん》・瞋《じん》・痴《ち》の三つの煩悩《ぼんのう》を降伏《ごうぶく》する『降三世《ごうざんぜ》明王』。腰に髑髏をつけたり足に蛇を巻いたりしている姿で表されて、宝生《ほうしょう》如来が怒っている姿を表しているという『軍荼利《ぐんだり》明王』。閻魔《えんま》を倒す、という意味の名前の『大威徳《だいいとく》明王』。金剛杵《こんごうしょ》の威力を備えた夜叉《やしゃ》である『金剛夜叉明王』などがね。そして、この四明王に不動明王を加えて『五大明王』と呼ばれてる」

「ふうん。ずいぶんたくさんいるね」

「まだ、その他にもいるよ」

「どんな？」

「たとえば『孔雀明王《くじやく》』。これは、孔雀を神格化した明王で、古来インドでは、孔雀は蛇を食べて恵みの雨を呼ぶ吉鳥と考えられていたから、この明王は、毒蛇や毒薬などの災難を除くといわれてる。また『大元帥明王《たいげん》』は、もともとは鬼神だったんだけれど、やがて鬼神たちを率いて仏教を守護する明王となった。また『烏枢沙摩明王《うすさま》』は火の神で、この世の一切の穢《けが》れと悪を焼き尽くす明王なんだ。この明王には『烏枢沙摩変成男子法《へんじようなんし》』というものがあって、生まれてくる子供が女子であっても、男子に変じる修法《しゆほう》とされたんだよ」

「それ凄い！」巳雨が目を丸くする。「でも、今だったら男女差別だって言われるね」

「確かに」陽一は笑った。「あとは『愛染明王《あいぜん》』かな。『赤色の王』という意味だけど、縁結びや恋愛成就の明王とされていて、お参りしている女性たちが多い」

「その人の名前は、何かで聞いたことがある」巳雨は頷いた。「クジャク明王とか」

「今言ったように、仏や如来たちよりも、ぼくたちの身近に存在しているからね」

「お不動さんもね。それで、不動明王は？」

ああ、と陽一は説明する。

「梵名――サンスクリット語の名前を『アチャラナータ』。インド神話のシヴァ神の異名が、そのまま仏教に取り入れられたものなんだ。それが『不動』あるいは『無動』と訳された。その後、仏教に取り入れられてからは、大日如来が忿怒身に姿を変えてなった明王とされた。日本では、平安時代に空海によって本格的に信仰が広まったんだ」

「そうなのか。じゃあ、みんな同じ姿なの？」

「それぞれ微妙に異なっているけど、基本は同じだね。左手には羂索《けんさく》――鳥や獣を捕るための縄のような物を持ち、右手には剣を持って、燃える炎を背に半跏趺坐《はんかふざ》――略式の座禅を組んでる」

「そういえばお不動さんって、みんな背中が燃えてるよね！」

「ニャンゴ！」

そうだね、と陽一は笑う。

「でも、あの炎は、不動明王自らが発している火だといわれてるんだ。人間が持っている、さまざまな障碍、煩悩を焼き尽くすためのね」

そうなのか、と巳雨は大きく頷いた。

「つまりお不動さんは、いつも怒っているように見えるけど、根本的にはみんなを護ってくれるわけね。じゃあ、さっき言ってた五色不動さんも、やっぱり江戸の町を護ってくれていたんじゃない」

「不動明王に関してはともかく」と陽一は振り向く。「江戸五色不動については、未だ良く分かっていないんだ」

「だって、結界を張ってくれているんでしょう」

「多分そうだと思う。でも、色々な説があってね」

「どんな？」

たとえば——と、陽一は言う。

「目黒不動と目白不動は、確かに最初から存在していた。でも目赤不動は、後から家《いえ》光《みつ》が名づけたといわれてる」

「ふうん。最初からあったわけじゃないんだ」

「あと、目黄という名称も『明暦』からきているんじゃないかという説もあるし、目青に至っては『青山』という地名が元だともいわれてる。そうなると目青は、江戸時代じゃなくて、明治になってから名づけられたんじゃないかという話になる」

「それじゃ『江戸』じゃなくなっちゃうね。『東京五色不動』じゃない」

「そういうことだよ。だから『江戸五色不動』という名前は、後世の人たちが面白がってつけた名称じゃないかといわれるようになったんだ。『江戸』という名前がつくと、何となく歴史があるように見えるしね。実際に江戸川柳にも『五色には二色足らぬ不動の目』と詠まれているようだよ」

「じゃあ、やっぱりその頃は、青と黄色はなかったんだね」

「逆に言えば『五色』――黒・白・赤・青・黄、云々という密教的な思想は、既に一般的に広まっていたことになる。だから、五色なのに三色しかないと詠んだ」

「そうか」

「ニャンゴ」

「また実際に『江戸切絵図』に当たってみても、『目黒不動』『目白不動』『目赤不動』という名称は発見できるけど、『目青』『目黄』という名前は、地図上に見当たらない」

「そうなのかあ」巳雨は唇を尖らせる。「それでも、目黒や目白という地名は、昔からあったんでしょ」

それもね、と今度は彩音が言う。

「目黒不動尊よりも、地名の方が先じゃないかという説もあるの」

「え？　逆なの」

「その一つは、目黒は『馬畔《めくろ》』で『牧場の管理者が、畔道《あぜみち》を通って馬を見張っていたことに由来する』というもの。もしくは単純に、馬の目が黒かったからとか。確かに目黒近辺には『駒場《こまば》』、そして隣の世田谷区には『駒沢《こまざわ》』『上馬《かみうま》』『下馬《しもうま》』などという地名が残っているから、馬に関係した土地であることは間違いない。また一説では『め』というのは、窪地や谷を表しているともいうから、こちらも目黒不動尊とは関係ない」

ふうん、と巳雨は頷くと、ふと助手席を覗き込んだ。

「あれ。陽ちゃんどうしたの？　何してるの」

えっ、と彩音も横目で見た。

「陽一くん？」

尋ねる彩音の横で陽一は、眉根を寄せて両眼を閉じ、膝の上で拳を硬く握りしめ、全身を小刻みに震わせていた。

「具合悪いの？」巳雨が心配そうに尋ねる。「何か、変な物に触っちゃったの」

「い、いや……」陽一は小声で答えた。「大丈夫。ありがとう……」

「悪い霊でも来てるの？」

「そうじゃない……」陽一は、まだ引きつった顔で答えた。「ちょっと、胸が苦しかったから」

「え？」巳雨は体を乗り出す。「陽ちゃんにも、苦しい時なんてあるの」

「痛い感じがするんだ」

「痛い？」

「うん。多分、生きていれば、苦しいとか痛いとかいうような感覚だと思う」

「そうなんだ……」

「でも、もう大丈夫。平気だから。さっき刑事さんたちの話を聞いていた時もそうだったんだけど……。とにかく、こんなことは初めてだったから、ちょっと驚いた」

「ふうん。陽ちゃんでも、そういうことがあるんだね」

巳雨は、コクリと頷いた。

ようやく納得できたらしい。というのも、陽一はもう何年も前に死んでいるからだ。今、助手席に座っているのは、陽一の「実体」ではない。現在は「ヌリカベ」としてこの世に存在している。ヌリカベといっても、その姿はマンガなどで見るように大きな「壁」ではなく、ごく普通の青年の姿だ。但し、一般の人間には全く見えないだけで。もともと「ヌリカベ」は人の前に立ちはだかり、その行く手を邪魔する、目に見えない妖怪だ。それがいつしか——おそらくは『稲生《いのう》物語』の頃から——大きな壁のように描かれることになったのである。

「本当に大丈夫？」彩音も心配そうに尋ねる。「どうしたのかしら。何かの霊障《れいしょう》が？」

「いや」と陽一は、まだ少し苦しそうに答えた。「そんな大層なことではないです。ただ——」

「ただ？」

「自分に関して、大切なことを忘れてしまっている……何となくそんな気が……」

「涙川《なみかわ》紗也《さや》さんのこととか？」

彩音が、陽一の以前の恋人の名前を挙げたが、

「いえ」と陽一は首を振った。「きっと、それよりもっと重要なことです。たとえば、ぼく自身の死因に関わるような」

「そういえば……。私たち、陽一くんの死因を知らないわね。気がついたら、私たちと一緒にいた……」

「すみません、余計な話をして」

と謝ってから、陽一は彩音たちを見て笑った。

「でも、もう大丈夫ですから。とにかく先に、この事件を片づけましょう」

「そう……」と彩音はまだ心配そうに、しかしきっぱりと言った。「了解。とにかく、この五色不動の件をどうにかしないとね」

うん、と巳雨も言う。

「東京の結界を守るんだね」

「でも」彩音は、バックミラーで巳雨を見る。「さっきも言いかけたんだけど、結界云々という話は、ちょっとおかしいのよ」

「どういうこと？　だって、またあの人たちが悪さをしてるって」

「多分彼らは、そう考えて実行に移していると思う」

「それでも違うの？」

「……そう」彩音は前を見つめたままで言った。「それじゃ、目青不動に到着するまでに、その辺りのことに関しても説明しておきましょう」

「うん」

「ニャンゴ」

江戸五色不動なんだけど、と言って彩音はバックミラーを覗き込んだ。

「そもそも『五色』という点からしておかしいのよ。だから私は、天海《てんかい》僧正が張った結界とは思えない」

「黄色が二つあるから？」

「それもあるけど、根本的に『黒・白・赤・青・黄』がおかしい」「どうして？　巳雨も見たことあるよ、そんな色」

「お能などでは、揚《あ》げ幕《まく》にも使われていますしね」陽一が言った。「あとは、冷泉家《れいぜいけ》の乞巧奠《きっこうてん》——七夕祭りにも、その五色の幕が飾られます。それこそ、五色の短冊の色だ」

「それが変なの？」

「『五色』は良いの」彩音は首を振った。「実際に陰陽五行説でも、これらの色を用いるから。でもね、さっき言った江戸や明治という時代を考慮する以前の問題として、これらを天海僧正が江戸の結界として張り巡らしたとは、とても考えられない」

「どーいうこと？」

単純な話なの、と彩音は言う。

「陰陽五行説では『黒・白・赤・青・黄』は、それぞれ『北・西・南・東・中央』に配置されるという決まり事があるから」

「え」

「だから、今の状況じゃ理屈に合わない。こんなことを、天海が許すわけがない」

「まさに、おっしゃる通りです」陽一は、目を大きく見開いて首肯した。「確かに、位置がおかしい」

と言って、巳雨の前に東京都の地図を広げた。それを、巳雨とグリが覗き込む。

「どれどれ」

「ニャンゴ」

「こうして見ても」陽一は指で指し示す。「江戸の中心の江戸城から見て、北に位置していなくてはならない『目黒不動』は南西だし、東にあるべき『目青不動』は三軒茶屋で、その少し北西の場所にある。『目白不動』は江戸城のほぼ北西、『目赤不動』は北。そして、『目黄不動』は北東と東です」

「陽一くん」と彩音は言った。「この五色不動は、長い間に移転を重ねているという話を聞いたことがある。念のために、それぞれの元の場所を確かめて欲しいの」

「分かりました」

陽一は、膝の上でパソコンを開くと、検索画面を覗き込む。

「確かに、そのようですね……。目黒不動以外は、長い間にどれも移転しています」

「詳しく教えて」

「はい。目白不動は当初、現在よりも一・五キロ程南東の江戸川橋近辺に存在していたようです。目赤不動も、元の場所から西へ一キロほど移っています。そして目青不動は、赤坂・麻布から青山を経て、南西に五キロも移転して現在の場所に落ち着いた。また、目黄不動の永久寺はそのままですけれど、平井の最勝寺は墨田区・本所《ほんじょ》から、そしてもっと遡れば浅草寺境内にあったともいわれているから、それが本当ならば南東へ五キロ以上も移っていますね」

彩音は頭の中で都内の地図を描き、

「そう……」と嘆息した。「それらを考慮に入れても——というより、入れればなおさら——とても陰陽五行説には当てはまらない」

「彩音さんのおっしゃる通り」陽一も大きく肯定した。「方角的に滅茶苦茶です。もしもこれらが陰陽五行説に則《のっと》っているというのなら、目黒不動は北区、目白不動は新

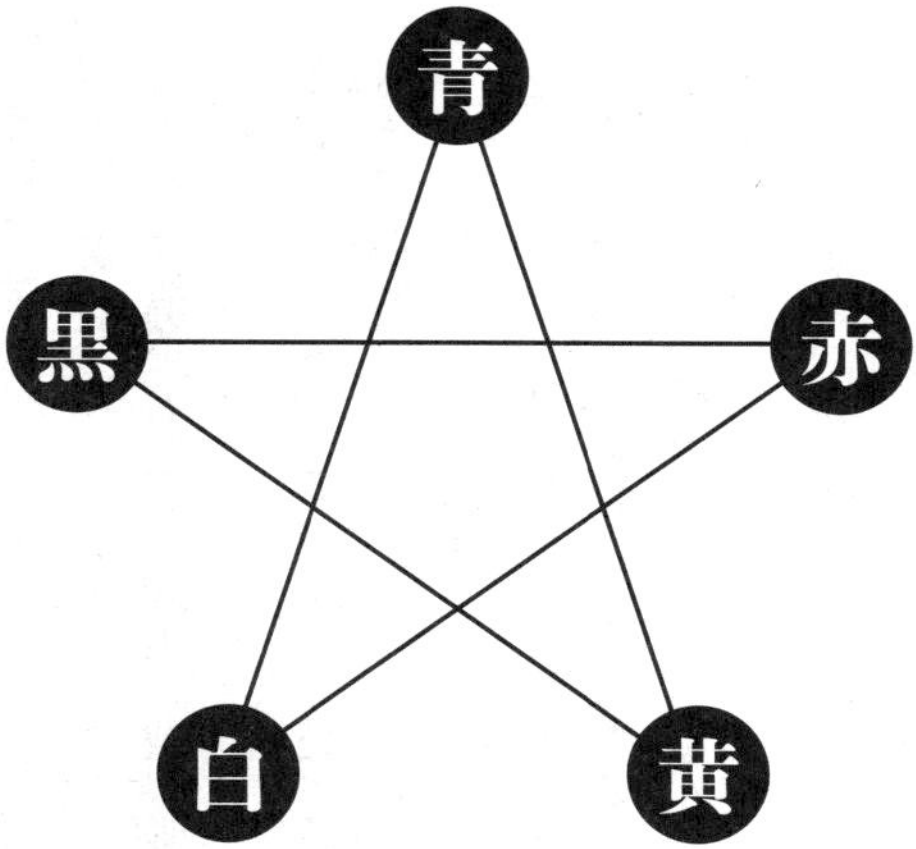
青
黒
赤
白
黄

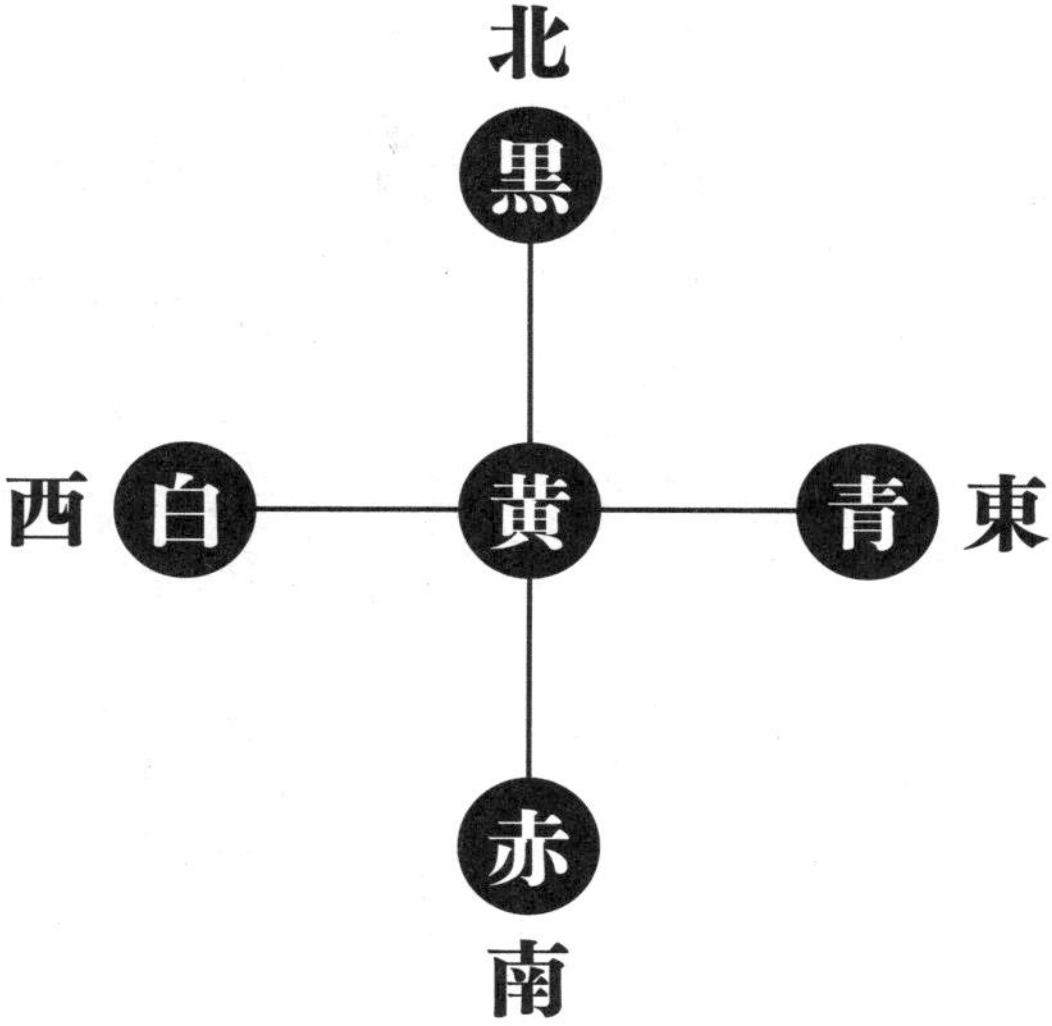
北
黒
西
白
黄
青
東
赤
南

宿の辺り、目赤不動は品川、目青不動は平井、そして目黄不動は江戸城内に建てられていなくてはならない」

「そういうことか」巳雨も頷く。「じゃあ、どーしてなの」

「謎ね」彩音は、あっさりと答える。「だから私は、これは天海が関与した物ではないと考えてるの。もしも、本当に彼が張ったものならば、こんな雑な配置をするはずがないから」

「そうか。じゃあ、さっき言ってたもう一つの説は？」

「五街道守護ね」

「うん。そっちはどうなの」

「ところがね」今度は陽一が顔をしかめた。「ぼくも最初はそう考えていたんだけど、今、地図の上で再確認したら、こっちもダメだったんだ」

「ぜひ、その話を聞きたいところなんだけど——」

彩音はハンドルを切った。

「もうそろそろ、到着する。先にお寺の中を見学してから、改めて聞かせて」

「はい」

頷く陽一の斜め後ろで、

「あっという間だったね」巳雨が窓の外を眺めた。「そういえば、たまに遊びに来てる所だ」

「ええ、そうね」

彩音は答えて、東急世田谷線の小さな踏切を渡ると、狭い路地を曲がり、三人と一匹を乗せた車は、目青不動――天台宗竹園山最勝寺・教学院の境内に入った。

＊

「やはり、事件現場に向かうのか」

三軒茶屋を目指しているに違いない彩音たちの車を、ぴたりと追っている久野の隣で、華岡は鼻を鳴らした。

「我々の注意を、目黒や目白に向けておいて、自分たちは事件現場に直行とはな。こいつは、ますます怪しい」

「まだ現場近辺には」と久野はハンドルを握ったままで言う。「地元の警官が残っているはずですから、待ち受けるように連絡を取っておきましょうか」

しかし、

「いや」と華岡は首を横に振った。「むしろ、奴らの邪魔をしないように見張れと伝えてくれ。したい放題にさせておいた方が、すぐにボロを出すだろうからな」

「了解です」

久野はすぐ、地元の警察署に連絡を入れる。そしてそれがすむと、

「警部補」と言った。「多分彼らは、放火のあった寺を目指していると思われますが、世田谷通りからは、かなり細い道になります。気づかれないように、少し離れた場所に停めましょうか」

「そうだな。それほど大きな寺でなければ、駐車場も広くはないだろうから、適当な場所に車を停めて歩こう」

その言葉に、駐車する場所を窺っている久野に向かい、華岡が尋ねる。

「しかし、この一連の事件が歌舞伎に関係しているというおまえの説はなかなか面白いが、本当かな」

「ええ……。何となくの直感ですが」

「しかし、この場所はさすがに余り歌舞伎とは関係なさそうだぞ」華岡は辺りを見回した。「でかい高級マンションやビルばかりでな」

確かに、と久野も顔を曇らせる。

「新宿まで行けば『歌舞伎町』という街もありますが……。おっしゃる通り、ここは大学や住宅地ばかりですね。少し行けば、駒沢公園や、代々木公園ですし」

そう言いながら久野は車を停めて二人が降りた時、華岡の携帯が鳴った。華岡は念

のために車の蔭に身を引くと、応答する。そして二言三言話したが、

「そうか、分かった」

と言って携帯を切ると久野に向いた。

「三ノ輪の事件だが、やはり放火に遭ったマンションの一階に住んでいる男性とは連絡が取れないらしい。しかし、部屋から発見された遺体は、状況からその男性らしいということだった。もちろんまだ、これから司法解剖に回すそうだが」

「身元は判明しているんですか？」

「藤守信郎。碑文谷女子大付属高校の男性教師だそうだ」

「またしてもですか！」

「二件の死亡者と、三件目の重体の女性に続いて、碑文谷女子大付属高校関係だ」

「犯人は、その高校に対する怨恨があるとか」

「碑文谷女子大付属高校を調べてみる必要があるかも知れんな」

と華岡は答えて、慎重に教学院の門へと近づく。

久野がそっと駐車場を覗き込むと、確かに彩音のエクストレイルが停まっていた。ナンバーを確かめるまでもなく、芥子色などという目立つ色彩なので、間違えようもない。そこで、そのまま静かに境内に入ろうとしたのだが、

「おや……」

久野は立ち止まった。そして「どうした？」と尋ねる華岡に告げる。

「警部補。この寺は、別名を『目青不動尊』というらしいです」

ほう、と答えて華岡も見れば、入り口左側の背の高い石柱には「天台宗竹園山最勝寺教学院」と書かれた石の寺号標が、そして右側の石柱には、久野の言うように「目青不動尊」とあった。

「こいつは初めて知ったな。目黒や目白だけじゃなく、目青不動とは」

「自分も、東京には『五色不動』というものがあるという話を、昔に読んだことがあります。目黒・目白・目赤・目青・目黄という。しかし、それが書かれていたのは、古い推理小説だったもので、てっきり作者の創作だとばかり思っていました……」

久野は感慨深そうに、寺号標を見つめた。

「本当に存在していたんですね」

「何だか、お伽話のようだが――」

と言ってから、

「おいおい、ちょっと待てよ！」華岡は思い切り嫌な顔をした。「まさかそれで奴らは、次は目黒か目白だなどと言ったんじゃないだろうな。この一連の事件の犯人は、その五色不動とやらを回りながら事を起こしているっていうのか」

「いえ、まだ何とも……」

「そんな妄想にはつき合えんぞ」

「とにかく、彼女たちの後をつけましょう。車に戻ったら、きちんと調べます」

ああ、と華岡は答えて、二人は教学院の境内に向かった。

3

再びダイニングに下りて行ったますみを見送ると、すみれはバスルームに入り、冷たいシャワーを頭から浴びた。

確かにますみの言う通り、全身が熱かった。内側が火照っているという感触ではない。日焼けしすぎてしまった真夏の肌のように、皮膚の表面がチリチリと痛いのだ。いくら大火事の夢を見たからといっても、こんな状態になるなんて。

そもそもすみれは、夏が大嫌いなのだ。半袖シャツも嫌い。ひたすら熱く燃える灼熱の太陽に、体が焦げる。ただそれだけの季節ではないか。

全身の熱がシャワーの水で冷まされると、まだ頭の中に残っていた悪夢の恐怖も洗い落とされていくようだった。しかしまだ僅かだが、奥歯がカチカチと鳴っていた。

それにしても――。

どうして、あんなにリアルな悪夢を見てしまったのだろう。いくらショッキングな事件の話を聞いたからといって、大火事に巻き込まれる夢なんて。しかも、場所は卒論で選んだ江戸の町。

歌舞伎の舞台では、何度も見て知っている。だが、さっき見た夢は、それらとは全く比較にならないほど生々しかった。音を立てて焼け落ちてゆく家々の柱、大きな屋根。空を埋め尽くすように舞う火の粉。逃げ惑う人々の顔――。

「ああ……」

すみれはシャワーを取り落としそうになる。そこで再び、頭から冷水を浴びた。全てを洗い流すかのように。

バスルームから出ると、バスタオルで体を拭きながら洗面台に映った自分の顔を眺める。そして、ふと思った。

あの男、どこかで見た記憶がある……。

いや。今までに出会った男性や、歌舞伎の舞台を思い出してみても、あんな顔の男はいなかった。しかも、最後にすみれを見つめた目つきや顔つき。すみれを思いやっていた視線――。

だからそこから離れる瞬間、すみれも泣きながら両手を合わせて拝んだ。

祖父母のいる田舎で、地蔵菩薩にそうしていたように。

地蔵菩薩は、その人間の痛みや苦しみを身代わりになって引き受けてくれるのだという。すみれも幼い頃、祖父母の家に遊びに行った時には、道ばたのお地蔵さんにそこらへんに咲いているお花を上げて拝んだものだ。すると祖母はいつも、優しく微笑みながらすみれの頭を撫でてくれた――。

　そこまで思った時、

〝ちょっと待って！〟

　すみれは、大急ぎで全身を拭うと、濡れた髪のままで自分の部屋に飛び込み、服を着るのももどかしく都内の地図を開いた。そして、指で一ヵ所ずつ押さえてゆく。

〝違うか……〟

　単なる思い過ごしだったか。

〝でも……もしかすると〟

　今度は自分用にまとめてある資料の一冊を取り出して、机の上に開いた。

　そしてすみれはページをめくりながら、

「ますみ、ちょっと来てくれない。早く！」

　大声で呼ぶ。すると「どうしたの」という返事と、バタバタと階段を上ってくる音が聞こえた。

「何？」

「ねえ、平井の理奈ちゃんなんだけど」

「理奈が何か？」ますみは携帯を握り締めたまま、悲痛な表情で答える。「まだ全然ダメだって。面会謝絶で」

「そう……可哀想ね」すみれも硬い表情のまま頷く。「それで、その理奈ちゃんなんだけど、どこかから引っ越してきたって言っていなかったっけ」

え？　ますみは眉根を寄せた。

「どうしたのこんな時に、そんなこと訊いてきて」

「ごめん、突然に。でも教えて」

「引っ越してきたばかりだよ。今度家に遊びに行く約束してた」

「以前は、どこに住んでいたの？」

「確か……」ますみは首を捻った。「江東区の深川《ふかがわ》って言ってた。でも、それが？」

「い、いえ。ありがとう」すみれの手は震えていた。「ごめんね、急に変なこと訊いちゃったりして。理由は、あとでゆっくり説明する」

「うん……」

その時、ますみの携帯が鳴った。ますみは、

「あっ。智《とも》だ」

同級生の女の子だ。誰もが携帯で情報交換しているのだろう、ますみはまだ怪訝《けげん》そうな顔でチラリとすみれを見たが、再びバタバタと音を立てて階段を駆け下りて行く。何か新しい情報がテレビで流れたのかも知れない。

一方すみれは、開いた資料に目を落とす。そして、

〝本当かしら……〟

自分で思いついた仮説なのに、自問自答した。

この事件に何故、碑文谷女子大付属の高校生ばかりが巻き込まれているのか、その理由は分からない。ニュースキャスターが言っていたように、ある種の怨恨なのかも知れない。だが、三軒茶屋を除いて、犠牲者にはもう一つの共通点があるのだ。かなり突拍子もない考えだが、さっきの夢で閃いた。

それは——地蔵菩薩。

但し、すみれが田舎で手を合わせていたような、小さく可愛らしい物ではない。どれもが二メートルを越す、大きな地蔵菩薩像。

いわゆる「江戸六地蔵」だ。

江戸・東京の六ヵ所には、著名な地蔵菩薩が鎮座している。これも祖母の弘子に、巣鴨《すがも》の高岩寺《こうがんじ》、通称「とげぬき地蔵」に連れて行かれたのがきっかけなのだが、以前すみれは、単なる興味本位でこの「江戸六地蔵」を調べかけたことがあった。

この「六地蔵」は、江戸時代の僧侶・地蔵坊正元《しょうげん》が発願して勧進《かんじん》し、数万人の施主を募って、江戸・六街道の入り口付近の寺に建立した地蔵菩薩像だ。資料を見れば「全て金銅の丈六《じょうろく》の地蔵尊である」と書かれている。丈六というのは、一丈六尺。釈迦の身長とされる、約五メートルの高さの像ということなのだが、原則的には結跏趺《けっかふ》坐《ざ》しているために、八、九尺。つまり、高さ二・五メートル前後の像になる。それでも、充分に大きく立派な菩薩像だ。

これらの地蔵菩薩像を順番に巡る「江戸六地蔵巡り」というものもある。そして、地蔵菩薩にすがって「六道輪廻《ろくどうりんね》」——地獄道・餓鬼道・畜生道・修羅道・人間道・天道の「六道」の輪廻から救ってもらい、成仏を願うのだ。

すみれは、それらの地蔵が建てられている場所を、改めて確認する。

一番、東海道。品川寺《ほんせん》・品川区南品川
二番、奥州街道。東禅寺《とうぜん》・台東区東浅草
三番、甲州街道。太宗寺《たいそう》・新宿区新宿
四番、中山道。真性寺《しんしょう》・豊島区巣鴨
五番、水戸街道。霊巌寺《れいがん》・江東区白河
六番、千葉街道。永代寺《えいたい》・江東区富岡

但し、永代寺は明治維新後に廃寺となり、現在は、
六番、浄名院《じょうみょういん》・台東区上野《うえの》桜木《さくらぎ》が、代仏を祀り、六番札所となっている。

そこまで確認すると、すみれは再び都内地図に目を落とす。

事件が起こった駒込の近くには、真性寺。

少し上野に寄れば、浄名院。

三ノ輪には東禅寺。

平井にはないが、牛嶋理奈が以前に住んでいたという深川には、清澄《きよすみ》庭園近くの霊巌寺と、廃寺になってしまったが、永代通りの名称の元になったという永代寺があった。

但し三軒茶屋近辺には、見当たらなかった。あえていえば新宿の太宗寺。

〝少し距離があるかしら……〟

そしてまだ今のところ、品川寺の近くでは事件が起こっていない。

やはり、偶然なのだろうか。

すみれは地図を見つめて、じっと眉根を寄せた。

＊

彩音たちは車から降りると、足早に目青不動の不動堂を目指した。

辺りにはまだ関係者が大勢集まっており、善後策を話し合っているのだろう、時折、誰かの大声が狭い境内に響き渡り騒然としている。辺りには、まだ地元の警察官の姿が見えたので、彩音たちは、何も知らずにやって来てしまった不運な観光客のフリをしながら、なるべく目立たないようにしてお堂に向かった。

見ればお堂の屋根や立派な梁は焼け、正面に架かっている「不動明王」と大書された立派な額も、その隣の「閻王殿」の額も、半分以上黒焦げになっていた。そして大きな赤い提灯は焼け落ちている。

その場にいた人たちの話を聞けば、実際にはどの程度だか分からないものの、やはり不動明王像にも被害が及んでいるということだった。また、この目青不動に関してそれとなく尋ねると、檀家の人だろうか、壮年の男性が、この慌ただしい時にもかかわらず、親切に教えてくれた。この寺の御本尊は、恵心僧都《えしんそうず》作の阿弥陀如来。そして、廃寺になった観行寺《かんぎょうじ》から不動明王像が入られた。その後、南青山に存在した「教学院」を経て現在に至っている——のだという。

そして、折角だからと言って縁起書を手渡された。目を落とすとそこにも、もともとは江戸城にあったが、応長《おうちょう》元年（一三一一）、玄応《げんのう》和尚により赤坂・麻布に移り、青山を経て明治四十二年に現在の地に移ったと書かれていた。また、慈覚《じかく》大師・円仁《えんにん》自作の目青不動尊は秘仏で、公開されてはいないが、寛永十九年（一六四二）に製作されたお前立《まえだち》の像は、通常の不動明王像とは違って上下の歯牙がなく、優しく微笑んで見えるとのことだった。

彩音は、丁寧にお礼を述べてその場を離れる。そして、巳雨たちを急《せ》かして車に乗り込み、エンジンをかけた。

「どう思います？　辺りの様子」

尋ねる陽一に、彩音は顔をしかめる。

「やはり、嫌な気が満ち始めていたわ。巳雨は、どうだった？」

「何か恐かった」巳雨は少し青ざめた顔で答える。「ちょっとお腹が痛くなった」

「ニャンゴ……」

「そうですね」陽一も言う。「ぼくも同様でした。しかし、理由も分からずいきなり放火されたんですから、不動明王でなくとも誰だって忿怒の形相になります」

「最悪ね……」

「次はどうするの？」

と尋ねる巳雨に彩音は、

「目白には、あの刑事たちがいるはずだから、通過して目赤不動に行きましょう」

と答えて車を出した。そして世田谷通りまで戻ると言った。

「陽一くん。さっきの話の続きを聞かせて。五色不動の五街道守護説が、おかしいという話」

「教えて教えて！」

「ニャンゴ」

全員に言われて「はい」と陽一はバサリと地図を広げる。

「五街道――つまり、江戸から出ている大きな街道は、京都へ向かう『東海道』、栃木県・日光へ向かう『日光街道』、更に北へ向かう『奥州街道』、群馬県・高崎方面に向かう『中山道』、八王子から甲斐方面へ向かう『甲州街道』の五つです。そして、これらの五街道と五色不動が対応しているというのが『五街道守護説』なんですが、実は数が合わないんです」

「何で？」巳雨は不思議そうな顔をする。「五個と五個で、合ってるじゃない」

「ところがね」陽一は首を振る。「今言ったように、日光街道と奥州街道は、途中まで一緒の道なんだよ」

「え？」

「栃木県の宇都宮《うつのみや》で二つに分かれるんだ。日光へ向かう道と、福島県・白河へ向かう道にね『五街道』といっても、江戸を出発する時には四本の道しかないんだよ」

「それじゃ、全然合わない！」

「東海道は目黒の近くを通るし、中山道は目白、甲州街道は目青の近くを通るといえば通っていないこともない。でも、今言ったように、日光街道・奥州街道は目黄の近くだから、目赤が浮いてしまうんだ。目白に近いといえばいえなくもないけど……」

「確かに」彩音は大きく首肯する。「江戸に於ける街道口は四つしかないし、さっき調べてもらった元の場所を見ても、全く対応していなかったわ」

じゃあ！　と巳雨が叫んだ。

「どういう意味があるの」

「分からない」陽一は苦笑した。「そう答えるしかないんだよ」

「おかしいおかしい！」

「ニャンゴ！」

「だから、この『五色不動』という名称そのものが間違っているんじゃないか、と言う人もいるくらいなんだ」

「でもあの人たちは、その場所を狙ってるんでしょう。じゃあきっと、巳雨たちの知らない何かがあるんじゃないの」

「そうかも知れないけど、今は本当に分からない」

じゃあ！　と巳雨は叫んだ。

「おじいさん幽霊さんに訊いてみようよ。あのおじいさんなら、きっと知ってるよ」

「え……」

陽一は苦い顔をして巳雨を、そして彩音を見た。

巳雨の言う「おじいさん幽霊」というのは、火地晋《かちすすむ》。新宿の裏通りにある、レトロという言葉を通り越して、文字通り幽霊が出そうな喫茶店「猫柳珈琲店《ねこやなぎ》」の奥の奥、一年中予約席になっているテーブルの前で、今以てなお必死に原稿を書き続けている。そして間違いなく日本の歴史に関する膨大な知識を持っている。その上、彼独自の説や考えもあるので、尋ねればきっと何か教えてくれるに違いない。

しかし火地は、文字通り「幽霊」――異常に頑迷固陋《がんめいころう》な地縛霊で、いつも、

「生きている人間の世のことなど、興味がない」

と言って切り捨てる。その上、こちらが質問内容についてきちんと勉強していなかったりすると、ギロリと睨みつけて、

「バカか」

という一言だけ返して、口を閉ざしてしまう。そんなこともあって、同じような世界に住んでいるとはいえ、陽一は酷く苦手にしていた――。

「そうね」彩音は微笑む。「でも巳雨。まだ私たちは五色不動に関して、殆ど何も知らないに等しいの。だから、もっと調べてからじゃないと。私たちのできる範囲のことはやっておかないとね。ここから駒込までは時間がかかるから、陽一くん、目赤不動に関して調べてくれる？」

はい、と答えて陽一はパソコンを開くと、目赤不動を検索する。そしてヒットした画面を読み上げげた。

『目赤不動』天台宗大聖山東朝院・南谷寺。本尊は阿弥陀如来と不動明王――。これは、今の目青不動尊と一緒ですね。万行《まんぎょう》律師の開基で、伊賀国《いが》（三重県）赤目山にて黄金の不動明王像を授かった。その後、江戸・下駒込に移り、庵を建ててこの像を『赤目不動』として祀ったが、非常に御利益・奇瑞があったため多くの人々が参拝するようになり、その場所を『不動坂（現在の「動坂」）』と呼ぶようになった」

「最初は『赤目』だったのね」

「ええ、そういうことです。それがやがて、寛永年間に鷹狩りの途中に訪れた徳川三代将軍・家光が、この『赤目』を『目赤』と改めるようにと命じたようです。『目黒』『目白』と対応するようにしたのだという説もあります」

「その時の家光の頭の中には『五色不動』という考えはあったのかしら」

「何とも言えませんね。何しろ残りの二つは、ずいぶん後の時代ですけれど、当時から考えていたかどうかは、家光にしか分かりません」

「確かに微妙なところね」

「しかし、とにかくそれ以降、赤目不動は『目赤不動』として現在の地に移り、一層庶民の信仰を集めた――ということです」

「なるほど」と頷きながら嘆息する彩音を見ながら、

「そういえば」と陽一が言った。「今朝、若い刑事さんが、目赤不動と八百屋お七の墓がどうのこうのと言っていましたけど、地図で見てみると本当に近くですね」

「それは、どこ？」

「白山《はくさん》の円乗寺《えんじょう》です。あと、お七ゆかりの地蔵尊を祀っている大円寺《だいえん》というお寺も、すぐそばにあります」

「今回の事件と八百屋お七と、何か関係があるのかしら」

「考えられる共通項は、『火事』ということくらいですね……」

じゃあとにかく、と彩音は前を見つめる。

「急いで行ってみましょう」

そう言うとアクセルを踏み込み、
その少し後ろを、久野の運転する車が追った。


「八百屋お七って」巳雨が、後部座席から尋ねた。「江戸の町に、火をつけちゃったっていう人？」

「いいや、違うよ」陽一が振り向いた。「そんなことは、してない」

「じゃあ、何をした人なの」

うん、と答えて陽一は説明する。

「江戸時代前期、本郷の八百屋の娘だといわれてる。明暦の大火から二十五年ほど経った頃、自宅近くの寺院からの出火――これはおそらく、天和二年（一六八二）十二月の大火だろうといわれてるんだけど――に遭った際に、お七の家の菩提寺・円乗寺で、寺小姓・小野川吉三郎《おのがわきちさぶろう》――あるいは、寺小姓の生田庄之助《いくたしょうのすけ》とも、旗本次男の山田《やまだ》左兵衛《さへえ》ともいわれる男性と出会って、恋に落ちてしまった。やがて八百屋の新宅が完成して家に戻ったお七は、なかなか吉三郎に会うことができなくなってしまう。そこで、もしも自分の家が火事になれば再び円乗寺に避難でき、吉三郎にも会えるのではないかと考えて、自宅に放火してしまう」

「えーっ。大変じゃない！」

「でも、すぐに近所の人に発見されて、火は消し止められた」

「ああ、良かった」

「ところが、お七は放火を自白したために捕縛されてしまった。但しボヤで収まったのと、お七がまだ幼かったことから、彼女の純粋さや純情さを思いやった奉行が、お前の年が十五歳以下ならば罪一等を減じると言ってくれた」

「助かった！」

「ところがお七は、私は今年十六歳になりましたと正直に答えてしまった」

「何でよ！」

「そのため罪を逃れることができずに、市中引き回しの上、天和三年（一六八三）三月二十九日に、現在の品川区の鈴ヶ森刑場で、火炙りの刑に処せられてしまった」

「どうしてよっ。火炙りの刑なんて。酷く残酷な刑罰だったんじゃないの」

「縛り付けられた罪人の周りに、何百把《ぱ》という茅《かや》を積み上げて、そこに火をつけて煽ったというからね。大抵の罪人は、炎に焼かれる前にその煙で窒息死してしまったらしい。そして遺体はその後、数日間そのまま晒《さら》された」

「残酷すぎる！」

叫ぶ巳雨の前で陽一は言う。

「だから奉行も、わざわざ声をかけてあげたんだろうね。でも、お七は正直すぎてしまった。そこで火炙りとなった」

「…………」

「当時の歌学者・戸田茂睡《とだもすい》の『御当代記』にも『駒込のお七付火之事、此三月之事にて二十日時分よりさらされし也』と書かれてる。ちなみに相手の吉三郎は、お七の処刑後出家して、お七の菩提を弔いながら多くの社会事業を行ったといわれている」

「……可哀想だね。正直に答えちゃったから火炙りになったなんて。それに、相手の男の人も良い人だったみたいだし」

「現実的には大した被害が出たわけじゃなかったから、多分、当時の人たちもそう思って、彼女に同情したんじゃないかな。井原西鶴《いはらさいかく》の『好色五人女』にも『ことに不便《ふびん》はこれにぞありける』と書かれているし、江戸の人々は処刑の日にお七が身につけていた小袖の切れ端まで拾って供養しようとしたらしい」

「そうだったんだ……」

「また、歌舞伎では『八百屋お七歌祭文』『八百屋お七恋緋桜《こいのひざくら》』『八百屋お七恋江戸紫』『三人吉三廓初買』、有名な一幕物として『櫓《やぐら》のお七』があるし、その他、落語や人形浄瑠璃などにもなってる」

「江戸の人たちに、とっても人気があったんだね」

「そうだね。同時に、供養の意味もあったんだと思う。何しろ十六歳。昔は数え年だったから、今の十四、五歳だ」

「巳雨と殆ど変わらない年だ」

「ニャンゴ……」

そういえば、と彩音も言う。

「丙午《ひのえうま》の女性は恐いという俗説も、八百屋お七からきてると聞いたことがあるわ。お七が、丙午の年の生まれだったからって」

その言葉に陽一は、

「実はそれも違うんです」と答えた。「もしもお七が史実通り、天和三年（一六八三）に十六歳だったなら、生まれは寛文《かんぶん》八年（一六六八）になります。ところがこの年は『丙午』ではなく『戊申《つちのえさる》』なんです。丙午は二年前の寛文六年（一六六六）ですから、お七が丙午生まれだとすると、当時十八歳だったことになってしまう」

「……そうなのね」

「ええ。ですから『火事』で焼け出され、『放火』して捕縛されて『火炙り』になった事実と、その放火の理由も、ただ恋人に会いたいためだったという、火のような情熱を持った女性ということで、『火』を表している十干《じっかん》の『火の兄《え》』——『丙』と、やはり干支《えと》で『南』や『火』を表す『午』の組み合わせで、『丙午』の生まれとされたんでしょう。その結果、時代が下るにつれて、丙午の女性は恐ろしいといわれるようになっていった」

「なるほどね」彩音は納得する。「単なる俗説でも、その裏にはきちんと意味があるものね」

「ふうん……」と巳雨も腕を組んで大きく頷いた。「じゃあ、駒込まで行ったら、お七さんのお墓参りする。いいでしょう、お姉ちゃん」

「ニャンゴ」

そうね、と彩音も頷く。

「これも、何かの縁かも知れない。目赤不動の後できちんとお参りしましょう」

「もしかしたら、お不動さんたちは、そういうお七さんたちの怨念を抑えているのかも知れないね。そうやって、江戸・東京に結界を張ってる。それであの人たちが狙ってるんじゃない？」

でも、と彩音は答えた。

「今の陽一くんの話を聞く限りだと、八百屋お七がそんなに大きな怨霊になっているとは思えないわ。少なくとも、悲しく淋しい女性だったとは思うけど」

「そうですね」陽一も肯定した。「お七が、この世に恨みを残して刑死したというわけではないでしょうし、そんな女性の霊という感触はないです」

「そうか……」巳雨は首を捻った。「じゃあ、何なんだろう」

「ニャンゴ……」

彩音たちの車は本郷《ほんごう》通りを進み、目赤不動に到着した。入り口は、車の往来の激しい通り沿いにあった。地下鉄の本駒込駅からすぐの場所だ。

こちらも入り口の左右に石柱が建てられ、右側には緑色の文字で「大聖山　南谷寺」、そして左側には赤色の文字で「目赤不動尊」と書かれていた。

彩音は車を駐車場に停める。ここは不動堂の裏手から火が出たようで、やはり大勢の人々でごった返していた。

「一体誰がこんなことを」

「お不動さんも、やられちまってるぞ」

「本当に、罰当たりな奴だ！」

誰もが憤りを隠さず、お堂の前で怒鳴り合っている。

そのため彩音たちは、不動堂の中は覗くことができなかったが、正面に架かっていたと思われる、立派な赤い不動明王が描かれた額は半分以上焼け焦げ、入り口に立てかけられていた。お堂の前には、阿吽《あうん》形の狛犬が、そしてその手前には、おそらく大日如来像、その横には「江戸五色不動　目赤不動尊」という石碑が建っている。

また、それらの前には、合掌したり印を結んでいたり数珠を握りしめていたりという姿で、小柄な地蔵菩薩が六体並んで立っている。六地蔵だ。こちらも、黒い煤《すす》で汚れてしまっている。

その前で軽く手を合わせて、不動堂の前の道を見ると、こちらには「江戸五色不動」として各寺院の名称と住所までが丁寧に刻まれた石板が立っていた。彩音は陽一と共に、全ての住所を再確認して車に戻る。

「不穏だわ」彩音はドアを閉めると顔をしかめた。「不動堂以外にも放火の痕があったけど、彼らの目的は間違いなく不動明王ね。次々に燃やそうとしている」

「では、八百屋お七関係に行きますか」

陽一の問いかけに、

「ええ。ぜひ行ってみましょう」彩音は答える。「巳雨は大丈夫？」

うん、と巳雨もやや緊張した面持ちで頷いた。

「お七さん、お参りする」

「ニャンゴ」

「お墓は、本当にすぐの所ですね。直線距離で五百メートルもないくらいです」

「了解」

彩音は大きく頷いた。

＊

一体何が起こってるんだよ？

寺や家や、その近くのマンションを狙った放火殺人事件だそうだ。全く、とんでもないことをする奴がいるもんだ。

ソファに寝転がったまま、今朝からの一連のニュースをのんびりとスマホで見終わると、長谷《はせ》昇一《しょういち》は缶コーヒーを飲み干し、欠伸をしながら、大学へ行く準備を始めた。両親も妹も先に出てしまったので、家には自分一人しかいない。今日は二時限目からなので、ゆっくりだ。しかも、その講義の出席も緩いので、遅刻しても別に構わない。

自宅は学習院大学のすぐ近くなのに、あっさりと落ちてしまったのが痛かった。学習院に入れていれば、もっと時間があったし、そうすればバイトに精を出すことができたのだ。おかげで高校生の妹の萌美《もえみ》にも「こんな地元なのに、バッカじゃん」と言われるし。

しかし、そもそも学習院は、幸運を頼りに受けた大学だ。最初から無理なのは分かっていた。入ればラッキーだったが、やはり女神は微笑んでくれなかった。それだけのことだ。

昇一は、リビングのテーブルの上に放り出されている雑誌に、目をやった。萌美の愛読している女性月刊誌だ。アイドルがどうしたこうしたとか、今月のあなたの恋愛運はとか、つまらない特集ばかり組んでいる雑誌だ。そして今月の特集は——。

あなたの運気を上げる、東京のパワースポット？

それで、珍しく寺や神社の写真が表紙に載っていたのか。

昇一は、何気なく手に取ってページをめくった。すると「目白」という文字が目に飛び込んできた。この近くじゃないか。しかも、見たことがあると思ったら、すぐ近所の寺だ。金乗院《こんじょういん》・目白不動。

今まで知らなかったが、あそこもパワースポットらしい。何があるんだろう？

まあ、いいか。

昇一はページを閉じる。運気が上がる場所ならば、行ってみて損はない。今度、時間のある時に出かけてみよう。

昇一は、ポンとその雑誌を放り投げると、バッグを背負う。そしてもう一度スマホを見て、メールを確認した。誰からも来ていなかったので、ついでに先ほどのニュースをもう一度見た。やはり、まだ犯人の見当もついていないようだった。

さすがに、これは酷い事件じゃないのか。女の子が三人も巻き込まれているし、みんな十六歳。萌美と同い年じゃないか。あいつは全く可愛らしさの欠片《かけら》もないが、お嬢様学校といわれる碑文谷《ひもんじよ》女子高生じゃあ、可哀想だ。

そのため警視庁では、現在、碑文谷女子高校に何らかの怨恨を持っている人間が犯人ではないかという方向で調べているらしい。きっと、そんなところだろう。碑文谷女子高生に振られた男とか、学生時代に苛められた暗い記憶から抜け出せない女性とか、どうせそんなつまらない動機に違いない。最近は、そんな些細な理由で殺人まで犯す奴が増えているのも事実なのだ。

そんなことを考えながら、昇一はスマホ片手に家を出た。玄関前でもう一度大きな欠伸をすると、しっかりとドアに鍵を掛ける。あんな物騒な事件が起こっているから、さすがに気をつけなくては。

などと思いながら振り返った時、目の前に見知らぬ男と、若い女子が立っていた。

二人は、無言のまま昇一を見つめる。昇一は、眉根を寄せると見返して尋ねる。

「あんたたち、誰？」

その言葉が、この世での昇一の最後の言葉になった。

＊

彩音たちは南谷寺を後にすると、都営三田《みた》線の白山駅前から、お七の墓所——円乗寺を目指した。狭い通りを進むと左手に細い参道が見え、その入り口右側には、

「江戸三十三観音札所第十一番　聖観世音菩薩　八百屋於七墓所　天台宗圓乗寺」

と書かれた立て札と、「八百屋お七墓所」と彫られた大きな石標が建ち、参道左側には小さなお堂があった。

お堂脇には「南無八百屋於七地蔵尊」と白く染め抜かれた赤い幟《のぼり》が、ずらりと並んでいる。お堂の中を覗けば、赤い頭巾を被り、これも赤い涎《よだれ》掛けを身につけた小さなお地蔵さんが鎮座しており、線香の煙が漂っていた。

彩音たちの車はそのまま円乗寺境内へ入り、たくさんの花と線香が手向けられている墓にお参りした。今でも毎日のように、大勢の墓参者が訪ねてきているのだろう。これだけを見ても、お七が皆に愛《いと》おしがられていたことが分かる。

続いてこれもすぐ近く、高校校舎の隣にある大円寺に向かう。こちらは、お七を供養するために建立された地蔵菩薩が鎮座していた。色とりどり、まるで南国の飾りのようにカラフルなたくさんの千羽鶴と、無数の素焼きの土器に囲まれるようにして、ほぼ等身大の地蔵菩薩が立っている。その由緒によれば、

「お七の罪業を救うために、熱した炮烙《ほうろく》（素焼きのふちの浅い土鍋）を頭にかぶり、自ら焦熱の苦しみを受けたお地蔵様とされている」

とのことだった。お七の霊魂を救うために、地蔵菩薩自らが難行に挑むというのも凄い話だ。お七は庶民からだけではなく、仏尊からも愛されていたらしい。

「こうして目にするまでは」彩音は車を発進させながら言った。「お七が、ここまで人々から篤い同情を受けていたとは考えていなかったわ。やはり、実際に現場を回ってみることは重要ね」

「地蔵菩薩も」陽一も頷く。「お七の苦しみ、炎熱地獄を自分が引き受けようというんですから。想像を超えた愛です」

「確かに」

彩音はハンドルを切って、次の目的地を目指す。

三ノ輪の目黄不動・永久寺だ。ここから四キロもない。あっという間に到着すると、彩音は明治通り沿いに車を停めた。

寺の入り口の壁には「目黄不動尊　天台宗永久寺」と書かれたプレートが飾られている。車を降りて中に入ると、境内正面には、とても近代的な造りの本堂が、そして左手には目黄不動尊の鎮座する不動堂があった。

しかし、ここもボヤ騒動で、檀家の人や警官でごった返している。しかも今までの寺と比べると、境内はさほど広くない。そこで彩音たちは、少し遠くから不動堂を拝むと、寺務所で縁起書をいただいて、早々と退去することにした。今までは運良く警官に何も尋ねられなかったが、色々と質問されたりすると面倒だ。

車に戻りその縁起書に目を通すと、この寺院は南北朝時代、つまり十四世紀頃に開創されたのだというから、ずいぶん由緒がある。江戸時代には、この境内も九百五十坪ほどもあったらしい。そこには、本堂、不動堂はもちろん、稲荷社、弁天社、竹林や池まであったという。

「縁起書には、天保《てんぽう》九年（一八三八）の春に発行された『東都《とうと》歳時記《さいじき》』（斎藤月岑《さいとうげっしん》幸成編纂）における正月の不動参りの記述のなかには、目黒・目赤不動と並んで『下谷《したや》通新町《とおりしんまち》　永久寺（開帳）』の名が見えるとあります」

この寺の不動明王像は、「慈覚大師・円仁の作と伝えられて」いるという。こちらもかなり、由緒正しい寺院のようだった。

彩音はエンジンキーを回す。そして、

「それにしても、ここの不動明王も、かなり怒っていたわ。凄い波動を感じた」と陽一たちに言った。「当然でしょうけど」

「火事の被害も」陽一も言う。「背後の、浄閑寺辺りまで及んだようですし。何か、今までとはまた違う重い『気』を感じます」

「巳雨は大丈夫？」

「少しだけ……お腹痛い」

「無理だったら、我慢しなくて良いからね。このまま家に戻っても良いのよ」

「まだ……大丈夫」

確かに、と陽一は周囲を見回した。

「特に、怨霊が解き放たれそうだとか、大地が揺らぐとか、そんな雰囲気はありませんね。ただ怒りが満ちていて、空気は不穏ですけれど」

「でもそれは」彩音も同意して言う。「決して、不動明王から発せられているものではないわ。怒りは明王からだとしても」

「やはり」陽一は彩音を見た。「浄閑寺でしょうか」

「投げ込み寺ね」彩音は車を出した。「この際だから回ってみましょう。車だけど、ここから行けるかしら」

「徒歩で一、二分の場所ですから、車だとかえって遠回りになってしまいますけど、お寺には広い駐車場があったような記憶がありますから、このまま車で。それにこの車が備えている結界も重要でしょう」

「分かった」

彩音がウインカーを出して車の流れに乗ると、後部座席から巳雨が尋ねてきた。

「ねえねえ。投げ込み寺……って、どういうお寺なの？」

「さっき久野刑事も言っていたけど」彩音はチラリと巳雨を見た。「江戸時代に、落命した吉原の遊女たちが、投げ込まれるようにして運ばれ、埋葬されてきたお寺よ。大抵は、身寄りも引き取り手もいない遊女たちがね」

「え……」

「でも」と陽一がつけ加える。「投げ込み寺と呼ばれるようになったのは、正確には安政二年（一八五五）の大地震で命を落とした遊女たちが、次々に浄閑寺で葬られたからだといわれてるんだ。もちろんそれ以前にも、無数の遊女たちの遺体が運ばれて来ては埋葬されていた。きちんとした菩提寺で弔われる遊女の数なんて、圧倒的に少なかったからね」

「さっきのお七さんもそうだったけど、みんなとっても可哀想だったんだね……」

「そうだよ。だから浄閑寺は、周りの人たちからも祈りの場として同情や憐憫を集めているんだ」

「そんな人たちの中では、文豪の永井荷風《ながいかふう》が特に有名ね。生前、何度も浄閑寺に足を運んで遊女たちの霊を鎮魂し、自分も死んだらこの寺に葬って欲しいとさえ言った」

「偉い人ね！」

ところが、と彩音は顔をしかめる。

「最近ここが、パワースポットだとか言われるようになって、願掛けしに来る女性たちが増えているらしい」

おかしい！　と巳雨は叫んだ。

「きっと、そんな場所じゃないよ」

「その通りよ。あそこは、純粋な鎮魂の場。それ以上でもそれ以下でもないわ」

しかし……と陽一が首を捻る。

「果たして今回の事件に、亡くなった吉原の遊女たちが関係してくるんでしょうか。おそらく怨念を抱いたまま死んでいった女性は無数にいると思いますが……。まさか、その負の力を？」

「まだ分からない。でも、さっきの八百屋お七と同様、これもきっと何かの『縁』だわ。ということは、ひょっとするとどこかで繋がっているのかも知れない」

「吉原も、何度となく大火に見舞われて焼失していますからね。やはり『火事』繋がりでしょうか」

「何とも言えないけれど……」彩音は頭を振った。「とにかく、お参りしましょう。そして魂鎮めを」

＊

「しかし……」

と彩音たちを追う車の助手席で、華岡は驚いたように嘆息した。

「本当に、目赤や目黄不動なんて物があるとは、思いも寄らなかったな」

「自分も、びっくりしました」前を見つめたまま、久野も言う。「目青に続いて、目赤ですからね。しかも、本庁で確認を取ってもらったら目黄が、もう一ヵ所あった。それも平井に」

「あいつらの直感が、当たっていたということか」華岡は硬い表情に戻る。「それとも、俺たちの知らない何らかの情報を握っているのか。しかも、おまえの言っていた八百屋お七の墓まで行った。どういうことだ？」

「このまま投げ込み寺の浄閑寺も回るつもりですね」

「この大変な時に、何を考えてるんだ。そろそろ職務質問をかけるか」

華岡は彩音たちの車を、遠く見つめながら言った。

「江戸五色不動を回るという、奴らの目的は判明したからな。お遊びはお仕舞いだ。あの妹には、本庁まで任意同行してもらう」

「承知しました」久野は頷くと、アクセルを踏み込んだ。「浄閑寺の駐車場で接触しましょう」

「そうだな」

と頷いた時、華岡の携帯が鳴った。すると応答する華岡の表情が、みるみるうちに険しくなった。

「何だと？　分かった。すぐにそちらに向かう」

渋い顔で携帯を閉じる華岡に、

「どうしました、警部補」久野が尋ねる。「また何か事件ですか」

「今度は、目白だ」

「彼女の言った通りですか！」

ああ、と華岡は吐き捨てる。

「一応、警官は配備させておくように伝えたんだが、やられた」

「また、碑文谷女子高生ですか」

「今回は違ったようだ。大学一年生の男が殺されたらしい」

「火事は？」

「目白不動近辺が延焼中だそうだ。だがこちらは、手配が早かったおかげで、何とか早めに消し止められそうだ」

「どうしましょうか、警部補」

「取りあえず、目白へ行く」華岡は苦々しそうに答えた。「あいつらは後回しだ。どうせ、目白にも寄るだろうしな」

「分かりました」

そう答えると、久野は車を回した。

＊

浄閑寺に到着すると、陽一は辺りを見回す。幸いこちらは、永久寺ほどの被害は出ていないようだった。ただ、荒川区最古の木像文化財といわれる山門が、かなり焼け焦げてしまっていた。

「凄い念が満ちている」

車を降りた彩音は、こめかみを押さえた。

「良いとか悪いとかではなく、想像を絶するような大量の念が渦を巻いているわ」

「本当です」さすがに陽一も、一瞬怯《ひる》んだ。「普段はもっと静かなんでしょうけれど、やはり目黄不動での放火と、近くのマンションでの死体発見のせいでしょう」

「きっと、そういうことね」

「とすれば、やはり彼らはこれが目的で？」

いいえ、と彩音は顔をしかめながら答えた。

「彼らが考えているのは、こんなレベルじゃないはず。もっと根源的な災厄よ。きっと、準備段階なのね。まだ完全には結界が壊されていないから」

「とにかく、お参りを」

陽一の言葉に彩音は車の中を見る。そして、

「巳雨」と声をかけた。「あなたは、ここで待っていなさい」

「平気だよ……」

魔斬鈴を、シャランと鳴らす巳雨に向かって、彩音は、

「両手を出して」

と言うと、巳雨の小さな手のひらの上に塗香《ずこう》をハラハラと落とした。身を清めて魔を祓うために、手や体に擦り込むお香だ。巳雨が、伽羅《きやら》の良い香りをさせて、両手を揉むように塗り終わると、

「どっちみち、グリは連れて行かれない」彩音は言った。「途中で、向こうに持って行かれちゃうと大事《おおごと》になる。だから、巳雨もグリと一緒に車の中で待っていて」

「……分かった」

巳雨は淋しそうな顔で頷くと、グリの体にも塗香を塗りつけた。

「ニャンゴ……」

「すぐ戻るから、大人しくしていてね」

「うん……」

と答えた巳雨たちを残して、彩音と陽一は本堂へと向かう。

本堂手前に建っている、新しい永代供養塔の脇に受付があった。彩音はそこで、縁起と寺の案内図、それに解説書をもらった。そこにはこう書かれていた。


「三ノ輪の浄閑寺は、正しくは『栄法山清光院浄閑寺』と号し、久しく増上寺の末寺でしたが、現在は浄土宗知恩院《ちおん》に属しています。開基は明暦元年（一六五五）で開山上人は天蓮社晴誉順波和尚です。安政二年（一八五五）の大地震の際に多くの新吉原の遊女が投げ込むように葬られたことから『投込寺』と呼ばれるようになりました」

また、違う解説書にはこうあった。

「明暦三年（一六五七）の『明暦の大火』いわゆる『振袖火事』の後、江戸幕府は復興計画の一環として、日本橋にあった遊女町を、浅草に移させた。これが『新吉原』である。江戸の男女比は、開府以来常に男性が多かった上に、参勤交代で諸大名の家臣が大勢やって来た。そこで、この新吉原は大繁栄する。

しかし、病気になり衰え果てた遊女は、誰にも看取られず捨て犬のように死んでいった。そして彼女たちは無縁仏として、浄閑寺に葬られることとなった。安政二年（一八五五）の大地震の際にも、大勢の新吉原の遊女五百余人が、投げ込むようにして一つの穴に葬られたことから『投げ込み寺』と呼ばれるようになった。その後、遊女本人、遊女の子供、遊郭関係者の女性など、新吉原創業から廃業までの三百余年間に、約二万五千人の遊女たちが葬られた」


「二万五千人ですか」陽一は解説書を受け取って驚く。「物凄い人数だ」

「しかも、三百余年間ですものね。安政の大地震から現在まで、まだ百五十年余り。その倍近い年月……」

彩音は線香を二束買い求め、風にくゆるその煙を自分たちの体に巻きつかせるようにして歩く。墓所の入り口に立つと、そこには「浄閑寺史蹟」と書かれた立て札があり、浄閑寺にある史蹟が順番に書き並べられていた。彩音はその板に書かれた名前と案内図を見比べながら、一つずつ確認する。

「まず、何はともあれ、その二万五千人からの遊女たちの墓所『新吉原総霊塔』へ向かいましょう。本堂の裏手のようだから」

「はい」

陽一も、緊張の面持ちで墓所の門をくぐる。

入ってすぐ右手足元に、「若紫《わかむらさき》之墓」と刻まれた墓石があり、明るい色の綺麗な花が上がっていた。彩音は、線香を何本か分けると、その墓にも手向ける。

「若紫は」陽一は解説書に目を落とした。「荷風の『断腸亭日乗《だんちょうていにちじょう》』によれば、吉原の遊郭で非常に人気のあった遊女だったようです。なので、身請《みう》け話もたくさんあったのですが、心に誓った恋人がいたため、年季《ねんき》明けを待っていました。そして念願の年季明けまであと五日という日になり誰もから祝福されていた時、他の女性と無理心中を試みようと乱入した男に、全く何の関係もなかったにもかかわらず殺害されてしまいました。享年二十二だったそうです」

「なんということ……」

「その後、男は自害。若紫は、まだ花魁《おいらん》だったため、遺体は浄閑寺に運ばれたそうです。それを哀れんだ多くの人々によって、この墓が建立されたようですね」

「そう……。いきなり辛い話」

彩音たちは手を合わせると、総霊塔へと向かった。やがてすぐに一際《ひときわ》立派な供養塔が見えた。石垣のような大きな石で造られた納骨室の前には、緩やかな曲線を描いた唐破風《からはふ》があり、その庇の下には菩薩が立っている。菩薩の頭上の梁には、お参りした人たちがお供えしたと思われる、たくさんのネックレスなどの装飾品が置かれていた。また、前面の花立てには、これもたくさんの花が捧げられていた。

見上げれば納骨室の上部には、錫杖を手にした大きな地蔵菩薩が結跏趺坐しており、その後ろには石の蓮華の上に塔が建てられ、そこに「新吉原総霊塔」と刻まれていた。元は、この石塔だけだったようだが、後に地蔵菩薩像が建てられたらしい。総霊塔の前面右には、明治から昭和にかけての川柳作家・花又花酔《はなまたかすい》の有名な、

「生れては苦界《くがい》
死しては浄閑寺」

の句が刻まれた石碑がはめ込まれていた。

彩音は香炉に線香を置くと、両手を合わせてじっと祈り、ただひたすら鎮魂する。それが終わると、総霊塔の周りを、ぐるりと歩いた。そこかしこに、真新しい卒塔婆が何本も立っていた。今も、きちんと供養してくれる人たちがいるのだ。

「この中に」と陽一が言った。「歌舞伎『籠釣瓶花街酔醒《かごつるべさとのえいざめ》』のモデルになった『八ツ橋』も眠っているともいわれています」

「お客の佐野次郎左衛門《さのじろうざえもん》に斬り殺されてしまったという花魁ね」

「ええ。恨みを買って」

それでは「気」が混沌としているはずだ。

さまざまな思いが、今もまだこの場所で漂っている。

しかし、供養塔を一周して戻って来ると、少し心がホッとする。そこには、供養塔と相対するように、終生、この寺に葬られた遊女たちに心を寄せた永井荷風の文学碑が刻まれているからだ。その文学碑は、

「今の世のわかき人々
われにな問ひそ今の世と
また来る時代の芸術を」

で始まる荷風の文章が飾られ、知人有志によって建立された記念碑や筆塚もある。

そしてその向こうには、山谷《さんや》で働き、そこで亡くなった人々を供養する「ひまわり地蔵」も建っていた。

ぐるりと参拝して、彩音たちは出口に向かう。

火事で半分焼け落ちそうになっている山門の向こうに、小さな地蔵が一体立っており、その前にも可愛らしいたくさんの花と線香が捧げられていた。

「あれは……」

「小夜衣《さよぎぬ》供養の地蔵尊のようですね」陽一が言った。「放火の罪を着せられて、火炙りの刑に遭った遊女だそうです」

「罪を着せられて？」

ええ、と陽一は頷いた。

「本人は最後まで否定していたようですから、きっと冤罪だったんでしょう。そのため、小夜衣は祟《たた》ったそうです」

「祟ったの……」

「小夜衣の年忌法要の度にその妓楼から火が出て、ついにその店は廃業せざるを得なくなったそうです。それから、人々は彼女を祀るようになったとあります」

「なるほどね」彩音は近づくと、手を合わせた。「彼女の怨念もまちがいなくあったでしょうけど、現実的に誰かが、敵《かたき》を取ってくれていたのかも知れないわね」

「そうかも知れませんね。実際に、やはり無実の罪を着せられて刑場に送られた遊女。何らかの秘密を知ってしまったために自殺に見せかけて殺された遊女。また、この仕事が辛くて逃げだそうとして捕まって拷問に遭い、悲惨な最期を迎えた女性たちが大勢いたといいます。それでなくても栄養失調や疫病、そして堕胎《だたい》の後遺症や梅毒などで、若い命を落とすことは日常茶飯事だった」

そう、と彩音は眉根を寄せ、

「確かにこの場所は、かなり辛いわ」

彩音は、硬い表情のまま駐車場へ戻る。そして車のドアを開けると、固まったまま待っていた巳雨とグリに、

「さあ、次へ行きましょう」と呼びかけて、運転席に座る。「今度は平井だから少し遠いけど、巳雨たち平気？」

「平気……」

「ニャンゴ……」

巳雨とグリがコクリと頷いたのを確認して、彩音は車を出した。

＊

了は、白一色の服装で神前に座っていた。

妹の摩季が死んで六日目。明日が初七日だ。

了も、二日前から火と食を断って潔斎に入っている。朝晩、水をほんの少し口に含む程度だった。目の前に置かれた三宝の上には、彩音たちが京都から持ち帰って来てくれた貴船川の水と塩。そして、涙のような形状の玉が二つ、「＊」の形に重ねた棒

のそれぞれの先に丸い玉のついている比礼《ひれ》が一つ、八角形の柄《つか》の先に伸びている剣が一つ、静かに置かれていた。

この四つの神宝《かんだから》のみで、果たして「術」を執り行うことができるのだろうか。

いや。今はそんなことを考えている時ではない。

やらなくてはならないのだ。

了は、固く目を閉じた。

「術」というのは、もちろん「死反《まかるがえしの》術」。

古代日本の物部《もののべ》氏系統の書である『先代旧事本紀《せんだいくじほんぎ》』にのみ収載されている術式であり、『古事記』『日本書紀』にも登場しない。物部氏の始祖とされる饒速日命《にぎはやひのみこと》が、河内《かわち》国の河上、哮峰《いかるがのみね》に天降った際、天照大神《あまてらすおおみかみ》から「十種《とくさ》の神宝《かんだから》」と共に授けられた、死者の魂をこちらの世界へと呼び戻す――つまり、死者を蘇らせる秘術のことだ。

そしてその「十種の神宝」というのは、

この世の全ての物を映し出す「息津《おきつ》鏡」「辺津《へつ》鏡」。

凶邪を罰し平らげる「八握《やつかの》剣」。

悪虫・悪鳥・悪獣を祓う「蛇比礼《おろちのひれ》」「蜂《はちの》比礼」「品々物《くさぐさのものの》比礼」。

生命力を高める「生玉《いくたま》」と、その形を満たす「足《たる》玉」。

死者を蘇らせる「死反《まかるかえしの》玉」「道反《ちがえしの》玉」

であり、これらは「天璽《あまつしるし》」——天皇家に関わる神宝、つまり三種の神器のもとになったともいわれている品々だ。

それらを神妙に祀り、

「天神《あまつかみ》教へて導《のたまわ》く『若《も》し、痛む処《ところ》有らばこの十宝《とくさのたから》をして、一《ひと》、二《ふた》、三《み》、四《よ》、五《いつ》、六《む》、七《なな》、八《や》、九《ここの》、十《たり》と謂《い》ひて布瑠部《ふるべ》。由良由良《ゆらゆら》と布瑠部。此の如く之を為《す》れば、死人《しにびと》も返生《よみがえり》なむ』とのたまふ」

と唱える。『令義解《りょうのぎげ》』によれば、これによって「死せる人も生き返る」というのである。

かの陰陽師《おんみょうじ》・安倍晴明《あべのせいめい》は『泰山府君《たいざんふくん》』の術を執り行って、三井《みい》寺の僧の命を取り戻した。また、蘆屋道満《あしやどうまん》も『反魂《はんごん》の術』を行った。土御門《つちみかど》家も、天皇家秘儀の『天曺地《てんちゅうち》府祭《ふさい》』を極秘裏に取り仕切っている。ゆえに「決して不可能な術式ではない」と、了は彩音に鼓舞されていた。

実際に、これら「十種の神宝」のうち「生玉」と「足玉」が辻曲家に伝わっている。これは辻曲家が、賀茂二郎《かもじろう》・源義綱《みなもとのよしつな》の家系に繋がっている、つまり義綱のさらに祖先である清和《せいわ》天皇が関係していると思われるが、それに関する真実は誰も知らなかった。ただ「辻曲家の深秘《じんぴ》」として、代々伝えられてきているのである。

了は、その二つの玉の隣に並べた神宝に目を落とす。

この「蛇比礼」と「八握剣」は彩音たちが手に入れてきてくれたのだ。そして、すぐにでも「辺津鏡」が手元に届くという。だが、それでも五宝。「十種」の半分だ。ちなみに「道反玉」に関しては、今現在所持している人間は判明している。摩季を殺害した、磯笛という女性だ。彩音たちは、何とかして彼女から手に入れようとしているが……それを当てにしていては間に合わない可能性がある。何としても、摩季の初七日には術式を執り行わなくてはならない。

了は大きく深呼吸すると、心を落ち着ける。そして、

「ひふみよいむなや、こともちろらね、しきるゆゐつ、わぬそをたはくめか、うおえにさりへて、のますあせゑほれけ——」

何度も「ひふみ祓詞」を唱えつつ、垂と御幣を静かに用意した。

4

「それで」と陽一は彩音に尋ねる。「現地の状況は、どう感じました？」

ええ、と彩音は、前を見つめて答えた。

「放火殺人など決して許される行為じゃないということは言うまでもないし、その上、予想より酷い状況だった」

「犠牲者に十六歳の女の子が、三人も含まれていますしね」陽一も憤る。「実に極悪非道です」

「何とか止められれば良いんだけど……」

「このまま先回りして、目白か目黒に向かいましょうか」

「いいえ」彩音は首を振った。「そちらは警察に任せた方が良いわ。途中であの刑事たちに捕まっても面倒だし。それより、さっきも言ったけど、今回はちょっと今までとは違う感触がある。だからここでは、私たちにできることを」

「そうですね」陽一は納得する。「ぼくらにできる分野——霊的結界に関しては、どう思いました？」

「何か……今一つ、ピンとこなかったわ。確かに『気』は澱《よど》んでいたし、憤懣《ふんまん》やるかたない怒りも周囲に満ち溢れていた。でも、まだ何か違う。結界も間違いなく揺らいでいたけれど、かといってそれほど危機的状況ではなかった」

「確かに、ぼんやりとした結界らしき物は、一応張られているように感じました」

だから、と彩音は軽く嘆息する。

「それが私には、二重に不思議なのよ。さっきも言ったように『江戸五色不動』は、陰陽五行説から考えると、結界など張っているとはとても思えない。少なくとも、天海が敷くような綺麗な結界ではない。その上、陽一くんの話を聞く限りでは、江戸の五街道を守護しているというわけでもなさそう。じゃあ、この『五色不動』は、一体何のためにあるの？」

「家光が勝手に考案して、ただ単にそれを後世の人たちが意味もなく受け継いだとも考え難いですしね。といって、単なる江戸名所や観光地というわけではないでしょうから、当然、誰かの何らかの意図が働いていたんでしょう」

「現代でも、パワースポットといわれているんだものね」

「はい。こうして実際に行ってみても、それぞれの場所の『気』も強かった。それに何といっても今回、これらの場所が狙われてきているわけですから」

「そういうことね。特に、今の目黄不動の永久寺や、投げ込み寺の浄閑寺なんて、鳥肌が立つほど混沌とした『気』で覆われていたわ」

「やはり、吉原の近くだったからでしょう。何といっても、二万五千人余の遊女たちの霊が眠っているんですから。都内でそんな凄いスポットは、あそこの寺だけです」

「その通りね」彩音は苦笑すると左腕だけでハンドルを握り、陽一たちに右腕を見せた。「実感させられたわ」

「あれ？」その腕を覗き込んだ巳雨は、声を上げた。「お姉ちゃん、怪我してる。グリに引っ掻かれちゃったの」

「ニャンゴ？」

彩音の右腕には、真っ赤な線が二本走っていた。巳雨が言ったように、まるで猫にでも引っ掻かれたような痕だった。

「怪我じゃないわ」彩音は前を見つめたまま言う。「こんなに真っ赤だけど一滴も血が出ていないし、何の痛みもない」

「これは」と陽一も、目を見開いて覗き込む。「間違いなく、霊障……ですね。あの場所にいた誰かが、彩音さんに何かを伝えようとしたんです」

「何を訴えたかったのかは、具体的には分からないけれど、怨念や怨恨どうのこうのという話ではなく、事実を知って欲しいということのようね」

「はい」

真剣な顔で頷く陽一の斜め後ろで、

「悲しい人たちが大勢いたんだね。全然知らなかった」巳雨が呟いた。そして、「ねえねえ」と陽一に向かって尋ねる。「吉原って、どういう所だったの？」

「い、いや……。詳しくって言われても」

「教えて！」

「あ、ああ……」

陽一は困惑顔で彩音を見たが、

「そうね」彩音は、右手をハンドルに戻して笑った。「ここから平井の目黄不動まではまだ少し時間がかかるから、陽一くん、巳雨に教えてあげて」

「ぼ、ぼくがですか？」

「ええ。だって、江戸のその辺りの話は、私より陽一くんの分野でしょう」

「それはそうですけど……」

「教えて教えて！」

「う、うん」

陽一は、戸惑いながらもパソコンを開く。そして、わざと画面に視線を落としたままで口を開いた。

「江戸時代の話なんだけど」

「ふんふん」

目を輝かせながら聞き入る巳雨をチラリと見て、陽一は言う。

「慶長《けいちょう》八年（一六〇三）、徳川家康が征夷大将軍になって、江戸幕府が開かれた」

「一路《いちろ》みんなで江戸幕府！」

「そ、そういうことだね」陽一は軽く咳払いして続けた。

「その結果、武将たちだけじゃなく、彼らに伴って全国から江戸の町造りを担う多くの人手が集まって来たんだ。だから、江戸の人口は圧倒的に男性が多くなった。一説では、人口の三分の二が男性だったともいわれてる。そこで自然発生的に、遊女屋――遊郭《ゆうかく》が出現したんだ」

「遊女屋さんって？」

「つまり……男の人がお金を払って、女性と遊ぶお店だね」

「キャバクラっていう所？」

「ど、どうしてそんな名称を知ってるの」

「前田くんが言ってた。女の人がお酒を出してくれて、男の人とお話するお店だって。前田くん家《ち》のおじさんが、良く行ってるみたいだって」

「そ、そんなところだね……。でも遊郭では、男の人が泊まったりもするんだ」

「ふうん」

とにかく、と陽一は先へ進む。

「このまま勝手にあちらこちらに遊女屋を造られてしまっては収拾がつかなくなると考えた幕府は、現在の日本橋人形町の辺り、葺屋《ふきや》町に公認の遊郭を設立した。江戸の昔、この近辺には葦《よし》がたくさん茂っていたため『葦原《よしわら》』と呼ばれていたんだ。でも、縁起を担いで『葦《あし》』を『吉《よし》』と書き変えて『吉原』となった。『するめ』が『あたりめ』と呼び変えられたり、『すりこぎ』が『あたりぎ』と呼び変えられたりするようなもんだね。いわゆる、忌み言葉の一つだ」

「でも、日本橋って銀座の方でしょう。あそこが葦の原っぱだったの？」

「葦原というより、海に近かったんだ。日比谷なんかは入り江だったしね」

「海！」

「そうだよ。当時は、今の東京駅から十分も歩けば、もう海だった。海苔《のり》だって採れたんだ。そもそも『日比谷』という地名は、海苔を養殖するための道具の『篊《ひび》』からきてる」

「海といえば浅草もそうね」彩音が言った。「浅草海苔って、有名だった」

「そういうことです」陽一は頷く。

「明暦三年（一六五七）の『明暦の大火』の後、吉原はその浅草、浅草寺の裏手に強制的に移転させられて『新吉原』となった。歌舞伎や落語に出てくる『吉原』というのは、殆どがこの『新吉原』のことなんだ。明治になると、このすぐ近くに居を構えていた樋口《ひぐち》一葉《いちよう》の作品の題材にもなった」

「お札の顔になってる人」

「良く知ってるね」陽一は微笑む。「『廻れば大門《おおもん》の見返り柳いと長けれど、お歯ぐろ溝《どぶ》に燈火《ともしび》うつる三階の騒ぎも手に取る如く』の有名な一節で始まる『たけくらべ』や、『にごりえ』『大つごもり』など、二十四歳で結核によって生涯を閉じるまで、一葉は多くの傑作を生み出した」

「二十四歳で亡くなっちゃったのね……」

「実際の執筆期間は、わずか一年少しの間だったようだよ。だから『奇跡の十四ヵ月』と呼ばれてる」

「そうなんだ……」

「ちなみに、今出てきた『大門』は、吉原の入り口にあった門のことを指してる」

「見返り柳って？」

「吉原で遊んだ帰りの客が大門を出て、この柳の辺りまで来ると、名残を惜しんで後ろを振り返ったところから名づけられたという柳で、今も何代目かの『見返り柳』が、記念碑と一緒に残ってるらしいよ」

「お歯ぐろ溝は？」

「遊女が歯に塗って使っていた『お歯黒』を棄てていたために黒かったとも、もともとと汚れて黒かったともいわれている、幅約四メートルとも九メートルともいわれる堀だ。その堀にぐるりと囲まれて、北西から南東に百八十間、北東から南西に百三十五間の長方形に造られた敷地面積二万坪余りの町だったというから、東京ドームの約一・六倍。当時の日本最大規模を誇っていた遊郭が、吉原なんだ。そしてその中には、最盛期で五千人から七千人の遊女が勤めていたとされる」

「凄い人数よね」彩音が、運転しながら目を細める。「もちろん、それに伴って禿《かむろ》とか新造《しんぞう》というような、花魁《おいらん》の付き人たちもいたわけでしょうから」

「ええ。その他にも、楼主夫婦、番頭、見世《みせ》番、行燈《あんどん》の見張りの不寝番《ねずばん》、客の呼び込みの妓夫《ぎゆう》、遊女の元締役の遣手婆《やりてばばあ》、飯炊き、風呂番、清掃係、雑用係などなど、さまざまな人たちが働いていましたし、遊女たちが買い物をする町屋も必要でしたから、全体の人数はとても把握できません。一説では、一万人近かったのではないかともいわれています」

「一万人！」巳雨は目を丸くする。「でも、その中で買い物をするって、遊女さんたちはその中にずっといたの？　外には行かないの」

「遊女は吉原——廓《くるわ》の外へは出てはいけないと、厳しく決められていたんだ。だから、その町屋で米や煙草やお酒や薬などの日用品を買っていた」

「全然、外へ遊びに行かれなかったのね」

「吉原の四方は、今言った『お歯ぐろ溝』で囲まれ、その要所には九つの跳ね橋が架かっていた。そして入り口の大門のすぐ脇には四郎兵衛《しろべえ》会所という、とても厳しい監視所があったから、勝手に脱け出すことは不可能だった。ほんのわずかな例外を除いてね」

「そうなんだ」

「そんな吉原で遊んで行くのは金持ちばかり。中でも有名なのは、材木商の紀伊国屋《きのくにや》文左衛門《ぶんざえもん》や、奈良屋茂左衛門《ならやもざえもん》だね。『惣仕舞《そうじまい》』『惣揚《あ》げ』と呼ばれた、妓楼を一軒丸ごと借り切るのはもちろん、『大門を打つ』といって、吉原の町全体を借り切ったりもしたというから、そうなると一晩でいくら散財したのか、想像もつかない」

「十万円くらい？」

「うーん」陽一は苦笑した。「多分、桁が三つくらい違うかもね」

「えーっ」

「ニャンゴッ」

「ちなみにこれは、ぼくの勝手な想像なんだけど、紀伊国屋文左衛門たち材木商が吉原で豪遊したというのは、ただお金をたくさん持っていたからというだけの理由じゃないと思う」

「どーゆうこと？」

「彼らは、江戸の町中や吉原で大火が起こるたびに大儲けする。しかも、材木を江戸の家々に合うように最初から削り揃えていたというから、建築の手間もそれほどかからなかった。だから明暦の大火では、一晩に百万両稼いだという噂もある。これは真実かどうか分からないけど、空前の利益を上げたことは間違いない」

「百万両！」

「つまり材木商たちが吉原で散財したというのは、良く解釈すれば利益の還元、もしくは政治的な付け届けとしての意味もあったんだろうと思うよ。何かあったら次もまたよろしく――というような」

「ふうん。そーゆうことか」

「また、江戸の川柳に『日に三箱散る山吹《やまぶき》は花の江戸』というものがある。この『三箱』というのは千両箱が三つ。つまり江戸では一晩に三千両の山吹――小判が落ちたという意味なんだ。一両の現代への換算に関しては色々な説があるけど、安く見ても一億五千万円、高く見積もれば三億円だ」

「三億円！」

「もちろんこれは、吉原だけじゃない。『歌舞伎』と『魚河岸』を合わせた三ヵ所でね。でも、やはりその中でも吉原は突出していたんじゃないかな。有名な太夫《たゆう》や花魁相手だと、一人一晩に何百万も支払ったらしいから」

「花魁は、巳雨も知ってる。テレビで見たことあるよ。髪にたくさんの簪《かんざし》を挿《さ》して、とっても派手な着物を何枚も重ね着して、重そうにゆっくりゆっくり歩いてた」

「花魁道中《どうちゅう》だね」陽一が首肯する。「着物が重かったのも事実だけど、わざとゆっくり歩いていたんだ」

「そうなの？」

「正確にいうと太夫や花魁という呼び名は、もっと細かく分類されるんだけど、今は仮に『花魁』としておこう。吉原の遊女たちの中でも、特に格式の高かった花魁たちが、妓楼に上がる前に客が一服している揚屋《あげや》や引手《ひきて》茶屋というお店まで迎えに行く練り歩きが、いわゆる花魁道中だ。でも、ただ普通に迎えに行くんじゃなくて、大勢の禿や新造たちを引き連れて、わざと派手に演出したんだ。だから名高い花魁の道中がある時などは、大勢の見物人で道が埋まったというから、多分、巳雨ちゃんが見たのは、昔の吉原の情緒を残そうとしている人たちが行《おこな》っている、現代の観光客向けのショーだったんだろう」

「でも、凄く綺麗だったよ」

「それはそうだ。当時でも喜多川歌麿《きたがわうたまろ》や菱川師宣《ひしかわもろのぶ》や歌川国貞《うたがわくにさだ》たち、当代一流の浮世絵師の題材にもなったほどだからね。その花魁が、鼈甲《べっこう》の櫛や簪を挿して結った髪型などは、江戸中の町娘たち誰もが真似をしようとしたらしい。もちろん、高価な簪などは手に入らないから、髪型だけだったようだけど」

「じゃあ、今のモデルさんみたいな存在だったの？」

「ああ。高島田《たかしまだ》や文金《ぶんきん》島田などの種類がある島田髷《まげ》も、当時の遊女が結ったものだし、江戸期に大流行した勝山髷《かつやま》という結い方も、吉原の勝山太夫が初めて結ったものだった。その勝山太夫は、井原西鶴の『好色一代男』にも『勝山といへるおんな。すぐれて。情《なさけ》もふかく』と書かれている。また実際に、町娘たちはこぞって彼女の真似をしたという。時代劇で普通に見る既婚女性の『丸髷』も、この勝山髷からきているんだ。いわゆる『粋《いき》』な女性だったから、みんなに人気があったようだね。丹前《たんぜん》なども考案しているし」

「丹前？」

「それまで野暮《やぼ》ったかった防寒着の綿入れ——どてらを、お洒落《しゃれ》で派手な『丹前』として江戸の町に流行らせたんだ。それが、すぐに歌舞伎の舞台衣装として取り入れられた」

「歌舞伎とも仲が良かったのね」

「うん。歌舞伎には吉原を題材にした物が、とってもたくさんある。たとえば、市川《いちかわ》家《け》十八番の『助六由縁江戸桜《すけろくゆかりのえどざくら》』から始まって、さっきの浄閑寺にも関係してる『籠釣《かごつる》瓶《べ》花街酔醒《さとのえいざめ》』、吉原を原案にしている『壇浦兜軍記《だんのうらかぶとぐんき》・阿古屋《あこや》』、『仮名手本忠臣蔵七段《かなでほんちゅうしんぐらしちだん》

「忠臣蔵は聞いたことある。見たことないけど」

「有名だからね。あとは歌舞伎以外にも、川柳や都々逸などにもたくさん詠まれてるんだ。たとえば、

『卵の四角と女郎の誠あれば晦日に月が出る』

『筆の先での約束およし筆は狸の毛でござる』

なんてね」

「どういう意味？」

「昔は太陰暦だったから晦日——月末は新月と決まっていた。だから『晦日に月が出る』ということは、絶対にあり得ない現象だった。それは四角い卵と、女郎——遊女が客を本当に好きになることがあるのと一緒だっていう話」

「遊女さんは嘘つきだったの」

「というより遊女は、客を喜ばせたりその気にさせたりすることが仕事だったからね。そして客も、それを充分に分かって遊んでいた。でも起請文《きしようもん》といって、あなたのことが一番好きです、と書いた文章をお互いに持っていたりしたんだ。それが『狸の毛』で書いた物」

「分かった！　狸さんは、人を化かすから」

「その通り。だから、遊女と約束を取り交わしても、それはあくまでも仕事上の嘘話だよ、という戒めみたいな歌だ。巳雨ちゃんは、指切りをしたことがあるだろう」

「指切りって、指切りげんまんのこと？」

「そう。お互いに約束する時なんかに」

うん、と巳雨は大きく頷く。

「あるよ。この間も、前田くんと指切りした。でも前田くん嘘つきだから、やっぱり約束破ったの。今度会ったら殴って泣かす！」

「まあ、それは止めてあげて」陽一は苦笑いした。「でも、その『指切り』も、吉原からきた言葉なんだ」

「えっ。そうなの？」

「自分の小指を切り落として相手の男性に贈ることで、誠意を伝えたんだよ」

「嘘！　そんなことしたら大変じゃない」

「だから、爪の先だけだったり、死んでしまった人の指を切ったりして贈っていたらしいよ」

「そうなのね……って言っても、それも何か恐い。でも、やっぱり吉原は、巳雨がテレビで見たみたいに、華やかな場所だったんでしょう」

いや、と陽一は首を振った。

「確かに今までの話だけ聞けば、とっても豪華絢爛、華やいだ場所に思える。事実、毎月の年中行事も派手だったようだし、仲之町にライトアップされた桜の花見や、吉原内に五つあった稲荷神社のお祭りや、中秋の名月の月見などなど」

と言って巳雨を見た。

「ところが吉原は、何度も火災を起こしてる。一説では、江戸時代だけで全焼が二十回近くあったともいう。もちろん、夜を徹して明かりを絶やさなかったからという理由もある。でも、その他にも出火原因の大半を占める大きな理由があったんだ」

「それは？」

「付け火だよ。しかも遊女の」

「えっ。どうして？」

「遊女が、火事の混乱に乗じて逃げだそうとしたといわれてる」陽一は表情を硬くする。「吉原での仕事に、耐えきれなくなってね」

「だからって、吉原を燃やそうとしちゃったの！」

「いや。八百屋お七と同じで、その遊女が吉原をどこまで燃やしてしまおうと考えていたのかは分からない。でも、吉原は完全に独立していた町だったために、隣近所の町から誰も助けに来てくれなかった。かといって、火消しが常住しているわけではないから、一旦火が出たら、運良く消えない限り全焼してしまう。それが分かっているにもかかわらず、火をつけて逃げだそうとした遊女たちが何人もいた」

「そんなに仕事がきつかったの」

うん、と陽一は答える。

「そもそも現代と違って、当時は自分から好んで遊女になろうとした女性は一人もいなかったんだ。だから『苦界に身を落とす』といわれていた」

「生きては苦界、死しては浄閑寺ね」

呟く彩音を見て「ええ」と陽一は頷くと、再び巳雨を見た。

「江戸時代には『女衒《ぜげん》』と呼ばれた人たちがいた」

「ぜげん？」

「昔のお伽話なんかで出てくるだろう。人買いだよ」

「ああ……」巳雨は顔を歪める。「知ってる。お金を払って、小さい子供を無理矢理に連れて行っちゃう人。大悪人！」

「しかし、貧しく小さな農家では、そうしないと一家全員が飢え死にしてしまうというような状況だった。だから、親や兄弟を助けるために、仕方なく自分を売った女の子も大勢いたんだ。文字通り、家族を救うために自分の身を犠牲にした」

「そう……なの」

「ニャンゴ……」

「吉原の遊女たちが、ある意味では尊敬されていたという事実があるのは、こういう理由なんだ。何しろ、さっき言った『禿』なんて、十歳以下で身売りされた女の子だし、『新造』だって十五歳前後の子だったんだからね」

「巳雨と同い年くらいじゃない！」

「ニャンゴ！」

「そんな小さなうちから、働かされていたの。しかも、男のお客さん相手に？」

「前に話が出たかも知れないけど」と彩音が言う。「一晩だけ神の相手をさせられる早乙女《さおとめ》や、棚機津女《たなばたつ》、そして嚴島の市杵嶋姫《いちきしまひめ》も、同じような立場だったわね。自分の意思にかかわらず、そういう場所に閉じ込められてしまう」

「そういえば」陽一は頷いた。「吉原も『島』とも呼ばれていました。閉じ込められた『島』――異界です」

「なるほど。いつの時代も同じということね。弱い立場にいる女性たちは、彼らの『島』に『居着《いつ》か』されてしまう」

「いつまで働かなくちゃならなかったの？」

巳雨の質問に、彩音は肩を竦めて重い溜め息を吐き、それを見て陽一は続ける。

「本来なら、吉原には年季《ねんき》――いわゆる契約期間があって、十年と決められていたから、二十五、六歳になれば外に出られるはずだった。ところが、中にいる間にまた新たな借金をさせられてしまうシステムになっていたから、なかなか年季が明けない。本当に運良く、お金持ちの人がお客になって、いわゆる身請《みう》けをしてもらわない限り、殆ど一生を吉原の中で暮らさなくてはならなかったんだ」

「殆ど一生？」

「それでも、まだ花魁たちは良かった。それ以外の遊女で、年を取ったり梅毒などの病気に罹ったりして見世のランクが落ちてしまうと、吉原でも最下層とされる場所、『羅生門河岸《らしょうもんがし》』や『浄念河岸《じょうねんがし》』と呼ばれる場所で暮らすことになった。そこは長屋のような造りの切見世《きりみせ》で、一人あたり二畳ほどのスペースの中で仕事をしながら、細々と生活していくことになる」

「じゃあ、たとえでも何でもなく、遊女さんたちは、本当に外に出られないのね。逃げ出すこともできなかったの？」

「男装して脱出しようとした遊女が何人もいたみたいだけど、悉《ことごと》く、入り口の番所――四郎兵衛会所で捕まってしまったらしい」

「その人たちは、どうなったの」

恐る恐る尋ねる巳雨に、陽一は言う。

「他の遊女への見せしめの意味もあって、両手両足を縛って梁から吊し、竹棒で殴りつけるという拷問のような折檻《せっかん》を受けた。その結果、瀕死どころか、そのまま命を落としてしまった遊女も大勢いたらしい」

「殺人！」

「でも、咎められなかった」

「どーしてよ」

「治外法権というか、それが吉原の決まりだったようだからね」

「酷すぎる！」

憤る巳雨に、陽一は言う。

「だから年に一、二回の花見や祭りの際に、厳しい監視下でほんの数時間だけ近場に出られる以外、遊女たちが廓の外へ出て自由の身になれる方法は、三つしかなかった。それは、さっき言った『年季明け』と『身請け』。でも、この確率は余程の幸運の持ち主でない限り、とっても低かった。ゆえに一般の遊女たちにとっては、三番目の確率が一番高かった」

「それは？」

「死んで浄閑寺へ葬られる」

「ええっ」

「ニャンゴッ」

「死んじゃったら」巳雨は叫ぶ。「死んじゃうじゃない！」

「そういうことだね」

「だって……そんな」巳雨は、うっすらと涙を浮かべていた。「可哀想すぎる」

「当時の吉原の写真を見れば一目瞭然なんだけど、妓楼の張見世の細い格子の向こう側で、色とりどりの着物に身を包んで並んで座っている遊女たちの姿は、そのまま『かごめ歌』のようだよ。まさに籠の中の鳥だ」

「かごめかごめ？」

「そうだよ。そしてまさに彼女たちは、吉原から『いついつ出やる』――いや当分出られはしないだろう、という状況だ」

「ニャンゴ……」

「さっきの永井荷風が、遊女たちの墓所、浄閑寺に関してこんなことを書いてる」

陽一は画面を読み上げる。

「『この寺こそ、薄命の娼婦が骨の朽ちぬべきところであるのだ。（中略）この無縁塚に葬られる娼婦《おんな》は、不幸の中にもよくよく不幸なもので、多くは楼主の菩提地へ葬むられるのであるが、それさへかなはず、遠い国からは、引取手が来ないといふ。捨てるに捨てられない死骸が、かくして夜の引明けに、青楼のうら口から、そつと、担ぎ出されて、ここに骨とかはらせてしまふのだといふことである。いづれにしても、悲惨極まりなきは、青楼の娼婦がその身の果てである。かかる点から見たら、じつに遊郭ほど、悲しくもまた怖ろしいものはないのだ』――とね」

まさに、と彩音はハンドルを切る。

「その通りね。荷風が一生涯、遊女たちに心を寄せていた理由が、良く分かったわ」

「それで！」巳雨が尋ねる。「吉原は、どうなっちゃったの。今は、もうないんでしょう」

「もちろん、当時のような遊郭は完全に姿を消してしまってる。というのも、明治政府の誕生後にやって来た薩長土《さっちょうど》の政府高官が、高い格式を持っている吉原に馴染むことができなかったからだといわれてる。地方からやって来た彼らは、花魁たちからまともに相手にされなかったようだし、もともと吉原の人たちは、全員が徳川贔屓《びいき》だったからね。そこで彼らは、新橋や赤坂に新しくできた町に流れて行ってしまった。そして明治四十四年（一九一一）の吉原大火。大正十二年（一九二三）の関東大震災。昭和二十年（一九四五）の東京大空襲と、吉原は三回焼失してしまい、その度に『仮《か》宅《たく》営業』などをして復興したものの、昭和三十三年（一九五八）に売春防止法が適用されると、吉原遊郭はその三百年余の歴史の幕を閉じたんだ」

「何か本当に切ない」彩音は沈み込むように言った。「鮮烈な光の背後には、必ず計り知れない深い闇がある。しかも吉原の場合、その根底に存在していたのは、貧困と自己犠牲による家族への愛ですものね。言葉にならないわ……」

彩音の運転する車は、荒川土手の道を走る。

やがて小さな岐路にぶつかり、細い道が住宅街へと続いていた。その道を少し入って行くと、もう一つの目黄不動・最勝寺が見えた。門の両脇に立っている仁王像を見やりながら、まだ大勢の警官たちが右往左往している境内の駐車場に車を入れた。

こちらは、三軒茶屋の目青不動と同じ「最勝寺」という名称だったが、特に直接の関係もないようだ。土地柄だろうか境内も広く、入って正面には立派な本堂が、その左手前には、何体もの菩薩や如来像で構成された無縁仏供養塔が建ち、その背後には墓地が広がっていた。

不動堂は本堂右手に建っていた。彩音たちは、人混みの中をお堂に近づく。そこに集まっている檀家さんたちの話を聞けば、やはり不動明王像にも被害が及んでいるとのことだった。そのため、お堂には上がれないが、表からならば参拝できるということで、彩音たちはお堂正面に進む。

約五間四方のお堂の正面奥には、両脇に四体もの天や明王を従えて大きな岩の台座上に結跏趺坐している、座高二メートルもあろうかという立派な不動明王像が見えた。脇侍の一人は牛に乗っているところを見ると、大威徳明王だろうか。

由緒を見ればこの寺は、天台宗・牛宝山《ごほうざん》明王院最勝寺。本尊は釈迦如来。別に不動明王を安置する、とあった。貞観《じょうがん》二年（八六〇）、慈覚大師・円仁により、隅田川畔に開創。同時に素戔嗚尊《すさのおのみこと》を勧請して、牛島《うしじま》神社に祀った。そのため、牛島神社の別当寺も務め、後の大正二年（一九一三）本所表町《ほんじょおもてちょう》から移転した、とある。

　ということは、目黄不動・永久寺と共に、江戸の北東――鬼門に建っていたことになる。もしかすると「鬼《き》」と「黄《き》」という関連でもあったのか……。

　彩音は、そんなことを考えながら、まじまじと像を眺めれば、やはり火の手はかなり回ってしまったようで、明王像も焼け焦げていた。左右の手に宝剣と索を硬く握り締めた明王は、怒りも顕わにこちらを睨みつけていた。もともとの忿怒の顔に輪をかけて、猛り狂ったような形相になっている。

　彩音たちは、手を合わせて拝む。

　こんな暴挙に出た犯人には、必ずやその償いをさせます――。

　駐車場に戻る途中で、彩音たちは檀家の老人たちの会話を聞いた。

「牛嶋さんとこの娘さんだがね」

「おう、理奈ちゃんか。どうなったね」

「何とか意識は戻ったそうだ。いや、まだはっきりとではないらしいから、当分入院には違いないんだが」

「弘《こう》さんの話は伝えたのか」

「そりゃあ……」老人は、皺だらけの顔を思い切り歪めた。「とてもまだ、無理だ。

少しずつ話さんとな」

「うんうん。そりゃあそうだな」

「だが、理奈ちゃんだけでも助かったのは、不幸中の幸いだった」

彼らの話を耳にしながら、彩音たちも硬い表情のまま車に戻る。そして彩音がエンジンをかけ、ラジオのニュースをつけると、

「ニュースを繰り返します」アナウンサーは言った。「昨夜から発生しています、都内の連続放火殺人事件ですが、今度は目白、学習院下で発生しました」

彩音たちは、ハッと顔を見合わせ、ラジオのボリュームを上げた。

そのニュースによれば、現場は都電荒川《あらかわ》線の学習院下駅近くの建て売り一軒家らしかった。犠牲者は、都内の大学に通う一年生男子。そして火事は、その家の近辺と金乗院を巻き込んで延焼した——。

「金乗院」陽一が唸る。「目白不動だ。現場に向かいますか?」

いいえ、と彩音は首を振るとアクセルを踏み込む。

「目黒不動に行く。もう許せない。今度は先回りして阻止する」

「分かりました」陽一は頷いた。「確かに今、目白不動に行っても、事件が起こったばかりで、現場も混乱しているでしょうしね」

「警察も大勢いるでしょうから、やっかいなことになってしまう可能性が高い。だか

ら、このまま首都高速に乗って、一気に都心を横断するわ」

そう言うと彩音は、荒川沿いの道に車を戻した。

＊

華岡たちは学習院下で車を停めると、忙しそうに立ち働いている警官たちに軽く手を挙げ、現場の建て売りに近づいた。

そこでも、華岡や久野の同僚たちが険しい顔で動いている。何しろ昨日の夜から連続で五ヵ所目だ。そろそろ手が回らなくなってきている。そんな彼らに話を聞けば、ここもやはり一連の事件と同様で、一般住宅と寺院への放火、そして殺人だった。

今回の犠牲者は、都内の大学へ通う長谷昇一。登校しようとして玄関を出た矢先に、いきなり襲われて絞殺されたらしい。現在、目撃者を捜しているようだが、この辺りは閑静な住宅街になっているため、朝晩の通勤通学時を除いて人通りも少ない。そこで、防犯カメラだけが頼りになるかも知れない、などという話を交わした。もしかしたら、今までの現場で何度か目撃されている若い女性の姿が映っている可能性もある。そんなことを考えながら、放火された目白不動尊・金乗院に移動する。

何とか火は消し止められた様子だったが、まだ辺りには木の焦げた臭いが充満していた。寺院関係者から話を聞けば、火は本堂左手の不動堂から出たようだった。

やはり辻曲たちの言う通り、犯人は「五色不動」を標的にしているということなのだろう。その理由は全く想像もつかないが、殺人まで犯しているのだから、それがどんな動機であれ、相手はかなり本気だ。

華岡と久野は、鑑識や警官を掻き分けて不動堂に向かう。その不動堂は、本堂左手の二階建てになっている別棟上にあった。石段を登ると、そこには小さな石の地蔵がずらりと何体も並んでいる。それらの地蔵たちが見守る不動堂は、屋根も焼け焦げ、額も黒く焼け落ちていた。内部もかなりの被害が出ているようで、時折まだ白い煙が流れて来ていた。

鑑識に話を聞けば、不動堂裏手が火元のようだった。確かにここの裏手ならば、誰の目にも留まらなかったろう。背後に広がっているのは、墓地だけだから。

華岡は同僚たちに挨拶すると、寺務所で手に入れた縁起書に目を通す。そこには、こうあった。

この寺の正式名称は、真言宗豊山《ぶざん》派神霊山《しんれいざん》金乗院慈眼寺《じげんじ》。本尊は、聖観世音菩薩像。永順法印《えいじゅんほういん》によって開創され、後に奈良・長谷寺《はせでら》の、小池坊秀算《こいけぼうしゅうざん》僧正によって中興された。不動堂に安置してある不動明王像は、弘法大師・空海作といわれている。その不動堂は、東豊山浄滝院《ひがしぶざんじょうりゅういん》新長谷寺と号し、ここより東へ約一キロの早稲田方面を望む高台、文京区関口駒井町《せきぐちこまいちょう》にあったが、昭和二十年の戦災で焼失したため、こちらの金乗院と合併されたらしい。江戸の古地図にも「目白不動別当新長谷寺」と載っており、その場所は、現在の椿山荘《ちんざんそう》近くに建つ八幡宮の辺りではないかという。

「目白不動」という名称は、寛永年間、徳川三代将軍・家光によって与えられ、それが「目白」という地名にもなった。この辺りは白馬の産地だったため「目白」となったという説もあるが、「目白不動尊」からきているという説の方が有力である——。

華岡はそれらの資料を久野に手渡しながら言った。

「行こう」

「目黒不動尊ですか」

「そうだ」

「ここで辻曲さんたちを待ち伏せなくてよろしいんですか」

「どうせ奴らも、目黒不動尊へ行く。今回、辻曲たちがどう絡んでいるのかは、まだ分からないが、必ず行くはずだ」

華岡は断定する。

「そもそもあの目黒不動が全ての始まりだったわけだからな。決着をつける」

「了解しました」

しかし、と華岡は苦々しそうに言った。

「それにしても、今回の事件の犯人は余りにもふざけてやがる」

確かに、と久野も深く頷いた。

「愉快犯にしても、ほどがありすぎます」

「本庁に応援を頼もう。目黒不動で犯人を逮捕する。辻曲たちも、同行してもらう」

「承知しました」

久野は頷くと、警視庁と連絡を取った。そして、今まさに出発しようとした時、久野の携帯が鳴った。すぐに応答すると、平井の目黄不動にいる刑事からだった。やはり彩音たちは、平井に立ち寄ったらしい。参拝を済ませると、境内にいる人々の話を立ち聞きしていたが、特に何も質問することもなく、先ほど出発したという。

「こちらに向かうつもりでしょうか」

「そうかも知れんが、構わない」華岡は言う。「我々は、目黒に向かおう」

「はい」

久野は答えて車を出したが、今度は華岡の携帯が鳴った。

「華岡」と答えて「うん、うん」と相手の話を聞いていたが、顔色が変わる。

「よし、分かった。すぐに手配を頼む。我々は一度、そちらに行く。目黒不動は、現場で固めておいてくれ」

と言って携帯を切った華岡に、久野は尋ねる。

「何か進展が？」

ああ、と答えて華岡は助手席に体を預けた。

「平井の犠牲者の娘さんが、意識を取り戻したそうだ。目黒不動の前に、そっちへ向かおう」

「了解です」

久野は大きくハンドルを切る。その横で、

「しかも」と華岡は言う。「彼女は、はっきりと犯人の顔を見たと証言したとよ」

「えっ」久野は華岡を横目で見た。「素晴らしいですね。どんな人物だったんですか？　特徴は」

「特徴どころか、彼女の良く知っている人間だったそうだ。二人ともな」

「二人？　それは地元の知人ですか」

いいや、と華岡は前を見つめたまま首を振った。

「一人は、高校の学年主任だったそうだ。藤守信郎」

「何ですって！」

「そして、もう一人は同級生。谷川南」

「どういうことですかっ。二人とも、事件の犠牲者じゃなかったんですか！　焼死したはずだ」

「こいつは、ひょっとすると……」

大きく腕を組んで唸る華岡の隣で、

「急ぎましょう！」

久野は、着脱式赤色警光灯を車のルーフに載せると、サンバイザーを下ろして補助警光灯を点灯させて、サイレンを鳴らす。一気に目の前の道が空いた。このまま首都高速に乗ってしまえば、平井まであっという間だ。

「理奈さんの証言が間違いないようなら、藤守と谷川は生きてる。そうであれば指名手配だ。そして、すぐに目黒に向かうぞ」

と言って華岡は、窓の外を物凄い速さで流れてゆく景色を眺めた。

＊

「陽一くん」

彩音は首都高速の入り口を目指して車を走らせながら言った。

「一応目白不動に関して、インターネットで調べてくれない。そこには、不動明王像があるだけなのか、それとも近くに、浄閑寺のような寺院があるかどうか」

「承知しました」

陽一は答えてパソコンを開く。そして、しばらく目を落としていたが、

「特に、これといって見当たりませんね」と首を捻る。「あえて言えば、雑司ヶ谷《ぞうしや》霊園や、鬼子母神《きしもじん》というところでしょうか」

「雑司ヶ谷霊園ね……」

「しかしこの霊園は、明治七年（一八七四）開設ですから、もちろん江戸古地図などにも載っていない新しい霊園です」

「他には何か」

「あと、江戸時代ならば護国寺《ごこくじ》でしょうか。こちらは、五代将軍・綱吉の時代の開創ですから、かなり古いですね」

「徳川といえば……」彩音が目を細める。「さっきの駒込の目赤不動と三ノ輪の目黄不動は、上野の寛永寺と近かったわよね。特に目黄は『徳川贔屓』だったという吉原とも近い……。何か関係あるのかしら？」

「何とも言えません」陽一は首を振る。「でも、少なくとも三軒茶屋の目青不動の近辺には、何もないわけですし」

「そうよね」彩音は唇を噛んだ。「もちろん、今までの場所は全てお寺だったから、必ず墓地があった。でも浄閑寺を除いて、そこに埋葬されているのは、ごく一般の人たちばかり。決して、強い怨霊などではなかった」

「強いて言えば目白不動の墓地には、鈴ヶ森で処刑された丸橋忠弥《まるばしちゅうや》が埋葬されています。彼ならば、怨霊になっている可能性も高い」

「丸橋さんって」後部座席から、巳雨が身を乗り出してきた。「どんな人？」

「慶安《けいあん》——江戸時代の武士でね」陽一は肩越しに振り向いた。「宝蔵院流《ほうぞういんりゅう》 槍術《そうじゅつ》の名手だったんだ。でも、慶安時代に由《ゆ》井正雪《いしょうせつ》が、幕府を転覆させようとして起こした乱に荷担したといって、殺害されてしまった」

「悪い人だったの？」

「いいや。決してそんなことはないんだ。当時は大名の取り潰しが多くなって、日本国中に浪人が溢れかえっていた。正雪たちは、その彼らを救済しようとしたんだ。実際に、正雪の開いた私塾には、数多くの人々が学びに来るような立派な人物だった。けれども、彼らのその考えは幕府にとって、とてもまずかったからね。そこで首謀者の正雪は、幕府の捕り方に囲まれて自刃。忠弥は 磔《はりつけ》 になった」

「でも、磔って処刑でしょ。さっき陽ちゃんは、殺害されたって言ったよ」

「それがね」と陽一は顔をしかめる。「忠弥は、寝込みを襲われて斬殺された。でも幕府は、重大な政治犯だからということで、その死体を、改めて磔にしたんだ」

「死体を！」

「今でも鈴ヶ森刑場跡には、その礎石が残っている。ちなみに、その横には八百屋お七が火炙りになった台の礎石も、並んで残ってる」

「げげっ」

「ニャンゴッ」

「しかし」と陽一は、小さく微笑む。「なぜか、お七と並んで忠弥も江戸の庶民に大人気でね。豪放磊落《ごうほうらいらく》な人物として、歌舞伎や舞台になってるよ」

「じゃあきっと、その人もお七さんと同様で、良い人だったんだね」

「そうかも知れないね。幕府から見れば、大悪人だったというだけで。立場が変われば、人物の評価なんて百八十度変わってしまうから」

陽一は言った。

彩音の運転する車は、あっという間に隅田川を越え、中央区へと入った。その隅田川を後ろに見ながら、彩音は言う。

「今の陽一くんの言葉でふと思ったんだけれど、鈴ヶ森刑場で処刑された丸橋忠弥は目白不動に葬られ、八百屋お七の墓は目赤不動のすぐ近くにあって、白井権八の塚は目黒不動。そして、目黄不動裏手の浄閑寺には、大勢の吉原の遊女たちが眠っている。確かに、あの刑事さんたちの言うように、歌舞伎に関係している場所ばかりじゃない」

「確かにそうですけど」陽一は眉根を寄せる。「でも、それらと不動尊とは直接に関係ないですね。別に、不動尊が彼らの霊を抑えているとも考え難い」

「そうなのよ」彩音も首を捻った。「何となく関係していそうなのに、それが何なのか分からない。彼らは、私たちの知らない何かをつかんでいる」

「そういうこと……なんでしょうか」

ねえ、と彩音は横目で陽一を見た。

「目黒不動に行く前に、陽一くんに途中下車して欲しい」

えっ、と陽一はビクリと体を起こす。

「ど、どこですか。まさか——」

「そう」と彩音は言う。「新宿」

「ということは——」

「お願い」彩音は、ハンドルを握ったまま頭を下げた。「火地晋《かちすすむ》さんに訊いてきて」

「い、いや、それは——」

「やっぱり私たち、今回もきちんと知っていないみたい。いえ、陽一くんのおかげで、江戸五色不動に関する知識はたくさん手に入れてる。でも、それら全てを貫いている『何か』が見えない」

「しっ、しかしそう言われても——」

「それが分からない以上、彼らに立ち向かえない。一体、彼らが何を、誰を目覚めさせようとしているのか。実際、今もこんなに都内の空気が不穏で怒りに満ちているのに、次に目黒不動が襲われたら、一体どんなことが起こるのか想像もできない。少なくとも、彼らの目的を把握していないと、対処のしようがないわ」

「そ、それはそうですけど……」

口籠もる陽一の後ろで、

「巳雨も一緒に行ってあげてもいいよ」巳雨が言った。「グリも連れて」

「ニャンゴ」

「ねえ、グリ」巳雨は、グリの頭をぐにぐにと撫でた。「あの喫茶店にいる、おばさん幽霊さんとも仲良くなったしね」

しかし、

「いいえ」と彩音は真剣な顔で首を横に振った。「巳雨とグリは、私と一緒にいてちょうだい。この車の中なら、外より少しは安全だから。こんな状況で、あなたたちを車の外に置いていけないわ。それに、陽一くんなら何かあっても、新宿から目黒まですぐに来てもらえる」

「分かりました」

陽一は、意を決したように大きく嘆息すると答えた。

「そうしましょう。火地さんならば、きっと何かご存知でしょうし、聞いて分かったことは、その都度、彩音さんにご連絡します。そして、聞き終わったら急いで目黒に向かいます。ぼく一人なら、あっという間ですから」

と言って笑う。そして、

「あと、目黒不動は、本堂の裏手が全てです。ですから、あの空間だけは何としても死守して――」

と言うと言葉が止まり、陽一の視線は宙に留まった。

「どうしたの、陽ちゃん？」巳雨が尋ねる。「何かあったの」

その言葉に陽一は、

「あ、ああ……」頭を振った。「何を言おうとしたのか……」

「え？」

「ゴメン……何でもない。今回は、ちょっと、おかしいね。でも、もう平気だから」

陽一は巳雨に向かって苦笑いすると、彩音に向いた。

「では、そうしましょう。お願いします」

*

男は、コンと軽い音を立てて煙管《キセル》で煙草盆の縁を叩くと、灰吹きに灰を落とした。

吸《す》い口《くち》から、ふっと息を入れると、雁首《がんくび》に白い煙が立ち昇る。

辺りは薄暗い。まだ七つ前だろう。

すみれは、気怠《けだる》い体を起こすと、湯文字《ゆもじ》と長襦袢《ながじゅばん》を合わせ、乱れた髷を整えた。そろそろ男を見送る支度をしなければ。

〝見送る？〟

ここはどこだ。

すみれには、全く見覚えのない部屋。

消えかかっている枕元の行燈と、足元の障子から漏れ入ってくる夜通し点っている灯りに、布団の両脇に立っている派手な柄の衝立《ついたて》が映る。そこには華やかな桜や紅葉など季節の花が描かれ、その上には更に艶やかな柄の色打ち掛けが掛かっていた。

〝私はここで何をしてるの〟

すみれは何度も目を瞬かせたが、男は布団の中で俯せのまま、再び煙管に手を伸ばした。すみれは自然な動作で、男より先に煙管を手に取り、煙草を詰めて一口二口吸い、火をつける。そしてそのまま手渡すと、男は当たり前のように受け取り、プカリとふかした。

〝何よ！　私、何をやってるの〟

すみれの頭は混乱する。

煙管どころか、煙草さえ一度だって吸ったことも、手にしたこともない。だが、今の一連の自然な動作は――。

「だがよ」と男は、腹ばいのまま煙を吐く。「この間の吉原《ここ》の火事も、大変だったよなあ。みんなやられちまってよ」

「あい」

とすみれは答えて男を見たが、何ということだろう。禿げているのかと思っていた男の頭には、黒い髷が載っていた。

ここはどこ？　時代劇の舞台？　でも、どうして自分が、こんなセットの中にいるの。時代劇も何も、演劇など小学校の学芸会以来、演じた記憶もないのに。

しかし、すみれは淋しそうに答えた。

「あの火事以来、廓《さと》も人が変わりんした。花魁も、たくさん亡くなって」

「そうよなあ」

男は三服終えると、再びコンと灰を落とし、ゆるゆると布団を脱け出した。

〝嫌だ！〟

薄物の浴衣一枚。殆ど裸ではないか。

しかも、まるで入れ墨でも入れているかのように、体中に火傷の痕がある！

ああ、そうだ。

この男――藤五郎は、あの大火の時に身を挺してすみれを助けてくれたのだ。そして、自分はこんなに可哀想な……。

大火の後、すみれはようやくのことで、道端に倒れ伏していた姉を見つけた。しかし、炎と煙にまかれてしまったのだろう、大火傷を負って息も絶え絶えの状態だった。そんな姉の命を助けるために、その手当と高い薬代のために、すみれはこうして苦界に身を落としたのだった――。

藤五郎は薄暗がりの中、欠伸をしながら着物を身につけ始めた。

「花魁といえば、勝山も可哀想だったなあ」

え、とすみれは尋ねる。

「太夫でありんすか？」

「あ」

藤五郎は突然固まる。

「勝山太夫が何か？」

すみれの言葉に、激しく動揺した。

「い、いや、何でもないわい……。剣呑《けんのん》剣呑」

藤五郎は突然すみれに背を向けると、

「では、また来る」

と慌ただしく帯を締めた。

「今度は、いつ来てくだしゃんす」

尋ねるすみれの言葉が耳に入らなかったかのように、口を一文字に閉じたまま、さっさと部屋を出て行ってしまった。

「ちょ、ちょいと――」

どうしたというのだろう。いつもは六つの太鼓が鳴るまで、ぐだぐだとこの部屋にいて、すみれがようやく帰すというのに。

しかし、まあ良いか。その方が時間が取れて、ゆっくり一寝《ひとね》入りできる。外には嘉《か》助《すけ》も不寝番もいるはずだから、彼らに任せておこう。

しかし、それよりも今の言葉。

勝山太夫が、可哀想だった？

勝山といえば、吉原《ここ》には彼女しかいない。

世に「寒梅の雪にもいたまず、やさしき色ありて、しかも匂へるが如し」と呼ばれた太夫だ。

神田四軒町《かんだしけんちょう》の丹前の紀国《きのくに》風呂に勤めていた当時から、非常に名高い湯女《ゆな》だった。ちなみにこの「丹前」というのは「堀《ほり》丹後守殿前」を略して、そう呼ばれていた。

ところが、明暦三年、あの大火の後の六月《みなつき》に風呂屋禁制の法度が出され、紀国風呂も廃業に追い込まれた。そのため、湯女たちの多くが江戸所払いを喰らう中、勝山は吉原《ここ》、山本芳順《やまもとほうじゅん》の妓楼に入った。しかしこれも実際は、もっと前から話がついていたとも、それ以前に廓《さと》に入っていたともいわれているが、一切は秘事だった。

とにかく、勝山は廓で一世を風靡する太夫となった。彼女の一挙手一投足が、常に吉原の噂となったのだ。湯女時代には、玉縁《たまぶち》の編み笠に袴を穿き、小太刀の木刀を腰に差して町を歩く姿は、まるで女歌舞伎のようともて囃された。

そして、そんな容姿はもちろん、小唄・三味線、そして歌や書にしても、誰も敵《かな》う花魁はいなかった。その上、花魁道中の、あの優雅な歩き方——外八文字《そとはちもんじ》の足取りも考案した。だからおそらく勝山は、名高い武家の出なのではないかと誰もが噂していた。実際、彼女が詠んだ歌に、このようなものがある。


いもせ山ながるゝ川のうす氷とけてぞいとゞ袖はぬれける

すみれも、その自筆の短冊だけは目にしたことがあったが、素直に心を打たれてしまった記憶がある。だから半井卜養《なからいぼくよう》などにも、
御仏が三国一じゃえ申《もう》まい美酒勝山は借銭のたね

などという狂歌を詠まれてしまったのも分かる。

しかし、すみれはただ憧れていただけで、遥か遠くからその艶やかで、しかも気っぷの良い姿を何度か眺めたことがあるだけだった。廓の遊女たちにとってまさに雲の上の存在の太夫だったのだ。

その勝山太夫は、数年前に年季が明けて廓を出たという話を聞いた。今はきっと、どこかで幸せに暮らしているのだろうと。

すみれは、今の今までその話を聞いて納得していた。彼女ならば、間違いなく支えてくれる男性も数多くいるだろうから、江戸でも、江戸でなくとも、この「籠」から解き放たれて自由に暮らしているに違いないと。

だが――。

余りにも常識的な話になっていて、ずっと考えもしなかったが、
今、気がついた。

〝年季って……〟

すみれの心臓は、ドクンと跳ね上がる。

勝山は、自分たちのように「売られた」遊女ではないのだ。山本芳順が呼んで来た遊女だ。そんな遊女に、果たして「年季」などあるものなのだろうか。

しかも、ほんの数年で明ける？

かといって、身請けされたという話は聞かなかった。当然、勝山ほどの太夫であれば、身請け話など無数にあったろう。そして、もしもその話に乗ったとするならば、この吉原を代表する花魁、いや、その花魁の中でも別格の太夫という地位にいたのだから、勝山の身請けは、吉原挙げてのお祭りとなっていたはずだ。

しかし、それもなかった。

そういえば、たまに勝山太夫の話が出ても、どこの遣手婆や妓夫《ぎゆう》も、ただ「年季が明けたから」としか話さなかったし、ひょっとしたら、もう江戸を去ってしまったかも知れないねえ、などという返事しかなかった。つまり、

「年季が明けた——のではないか」

「江戸を去った——のではないか」

ということだ。どちらも、ただの憶測だ。

また、羅生門河岸の口さがない遊女たちの間では、勝山太夫は、男装して足抜けしたのだ、という噂があったとも聞いた。それを聞いたすみれは、思わず笑ってしまった。勝山太夫の気っぷの良さからの連想だろうが、いくらうまく男装したところで、吉原から抜け出せるはずもない。間違いなく大門横の四郎兵衛会所で捕まる。

実際に、こんな話があった。

吉原《ここ》で生まれた栄作《えいさく》という男が、町《そと》に奉公に出た。ある日、廓にいる親が倒れたということで吉原に看病にやって来た。不寝《ねず》で看病して再び町に戻ろうとした時、番所で留められてしまった。その理由は、

「朝帰りの客と見えるのに、なぜ髷に枕の痕がないのだ」

というものだったという。

そんな彼らの眼力を逃れることは、ほぼ無理だ。それが証拠に、いままでも数多くの遊女たちが捕まり、厳しい折檻を受けているのだから……。

しかし、実際に勝山太夫は吉原にいない。

そして、今の藤五郎の言葉。

〝可哀想だった？〟

どういう意味だ。

太夫の身に何かあったというのだろうか。

太夫に関する、今までの噂は全て嘘だったとでもいうのか。

そうであれば、太夫はどうなったのだ。

すみれの胸は、早鐘を打ち始めた。

どうしよう。どうすれば、本当のことが分かる？

もちろん、遣手婆たちでは無理だし、妓夫もダメだ。

花魁仲間で、何か知っている女はいるだろうか。

湯屋で、それとなく聞いてみるか。

と思った時、すみれの胸は再び、どくりと跳ねた。

〝少し前に、そんな話をしていた遊女が一人いた……〟

それは。

小夜衣だ！

京町一丁目、四つ目屋善蔵《ぜんぞう》の抱え遊女。

しかし、放火の罪で火炙りの刑に遭ってしまった。もちろん彼女は、最後まで否定していた。私じゃないと、泣いて訴えていた。

でも……火炙りになった。

すみれの全身は、ぶるっ、と震えた。

もしかして小夜衣は、勝山太夫に関して何かを知っていたのか。

だから――火炙りに？

じゃあ、その「何か」というのは何だ。

突然、胸に痛みが襲う。

息が苦しい！

すみれは「あッ」と叫ぶと、布団の上に倒れ伏した。

また——夢だ。

すみれは汗を拭う。

下着までびっしょりと濡れていた。

机に俯せたまま、また嫌な夢を見ていたらしい。一体どうしてしまったのだろう。

たった少しの間に、こんなに何回も夢を見るなんて。

すみれはイスに大きく寄りかかると、何度も深呼吸した。

まだ心臓が波打っている。

耳を澄ませば、階下では相変わらずテレビニュースが流れ、ますみが同級生たちと携帯で連絡を取り合っている声が聞こえる。

それで——。

何をやっていたのか。

ああ。六地蔵だ。

都内の六地蔵を調べていたのだ。

「ええと……」

すみれは悪夢を振り払うように汗を拭うと、再び資料に目を落とした。そして「江戸六地蔵」を一ヵ所ずつ確認してゆく。

まず——。

今、夢に見た吉原の近くにあるのが、台東区東浅草の東禅寺。

地下鉄三ノ輪駅から浅草方面へ、徒歩十五分。山谷地区にある。江戸の昔でいうと、奥州街道の出入り口の辺りになるだろうか。この寺の地蔵菩薩は、座高約二・七メートルだという。ちなみにその右手横には、アンパンで有名な木村屋創始者夫妻の銅像も安置されている。

そのまま西へ移動すれば、谷中、上野桜木の浄名院。

この寺は、谷中墓地のすぐ隣に位置しており、江東区・永代寺の代仏を祀っている。確かに写真を見ると、他の地蔵たちとは造形が異なっていて、しかも少し小ぶりのようだ。ただこの寺は、八万四千体もの地蔵を祀っており、その「総本地蔵尊」は、なぜか不動明王を脇侍としているのが特徴的だ。

次に、この浄名院からさらに西、駒込を経て、豊島区巣鴨の真性寺だ。

こちらはすみれも、祖母に連れられて何度も行ったことのある「とげぬき地蔵」で有名な、高岩寺の近くに建っている。

地蔵尊は、やはり座高約二・七メートルだという。しかも、頭に被っている笠も非常に大きいことが特徴の一つだ。ここは、巣鴨という土地柄のせいもあって、他の六地蔵に比べても断トツに参拝者が多いらしい。

次に南西に下ると、新宿区新宿、甲州街道の出入り口にある太宗寺。

ここは、幼い頃の夏目漱石《なつめそうせき》が、その上に乗って遊んでいたというエピソードで有名な、やはり座高約二・七メートルの地蔵がある。その他にもこの寺には、閻魔《えんま》大王や、三途《さんず》の川の奪衣婆《だつえば》や、塩かけ地蔵などの有名な像がある。

そのまま都心を横断して東へ向かうと、明暦の大火で多大な犠牲者を出した、霊巌《れいがん》島《じま》の霊巌寺だ。

この寺は、清澄公園の近くにあり、境内には「寛政《かんせい》の改革」を推進した、松平定信《まつだいらさだのぶ》公の墓所もある。そして、やはり座高約二・七メートルで、大きな真紅の涎《よだれ》掛けを身につけた地蔵菩薩が鎮座している。また、このすぐ近くには「江戸最大の八幡様」と呼ばれる、富岡《とみおか》八幡宮がある。

ちなみに、この富岡八幡宮は、江戸・勧進相撲《かんじんずもう》発祥の地としても知られており、しばしば八幡宮の境内で本場所も開催されていたという。また、細い道路を隔てて八幡宮のすぐ横には、深川不動尊がある。大本山成田山新勝寺《なりたさんしんしょう》の東京別院だ。霊巌寺には行ったことがなかったが、富岡八幡宮と深川不動尊には行ったことがある。そんなことから、平井の牛嶋理奈が越して来る前に住んでいた深川という地名が、うっすらと記憶に残っていたのかも知れない。

そして成田山は、弘法大師・空海が、一刀三礼して自ら彫刻開眼したという不動明王像を本尊とし、あの平将門《たいらのまさかど》の乱を鎮めたことで、一躍名を馳せた。今では、歌舞伎の市川家の屋号「成田屋」としても知られているが、これは初代・市川團十郎《だんじゅうろう》が、成田山に祈願して二代目・團十郎を授かったということに起因しているという。

すみれは、ふうっと嘆息した。

これで、六地蔵のうち五つまで確認し終えた。巣鴨の真性寺以外は近くを通ったことはあるものの、実際に行ってみたことがない場所ばかりだ。

しかし、最後の第一番・品川寺《ほんせん》。ここは、行ったことがある。よく祖母に連れられて、お地蔵様を拝みに行った。自宅から近いから。

だが、近いといっても、もちろん、目黒不動尊ほどではない。

すみれの家は、目黒不動大本堂のすぐ裏手。すみれは立ち上がると、気分を変えようとカーテンを開けて、大本堂を眺めた。不動公園を背にして鎮座する、大きな大日如来像が見える。

その時、インターフォンが鳴った。

「じゃあ、本当によろしくお願いね」

真剣な顔で頼み込む彩音の言葉に頷いて、陽一は車を降りると、目の前の猫柳珈琲店を見上げた。正面の壁一面が緑の蔦で覆われた二階建ての店は、昭和を彷彿させるレトロな雰囲気を醸し出している。

5

陽一はチャンスを窺って、他の客と一緒に中に入る。一人で入ってしまうと、ドアが開いたものの誰も出入りがない（見えない）という状況を作ってしまうからだ。誰もがたまに目にしたことがあるだろう、人の気配がないのに自動ドアが開いたり閉まったりするという出来事がそれだ。

この猫柳珈琲店は、外見も時代錯誤のように古めかしく特徴的なのだが、店内も更に目を疑うような造りになっている。頭がこすれそうなほど低い天井のフロアが、一階・中二階・二階と分かれているために、立体迷路を歩いている気分に陥る。通路も、やっとのことですれ違えるほど狭いのに、あちらこちらにパーティション代わりの観葉植物が置かれている。これでもう少し湿度が高く、派手な外見の野鳥でもいれば、完全にジャングルの中だ。そんな店の奥の奥、どん詰まりには、一年中

「Reserved」のプレートが置かれているテーブルがある。

そしてそこに、火地晋がいるのである。

陽一は周りに気を配りながら、ゆっくりとその場所へと向かう。

するとやはり今日も、湯気の立つコーヒーを前にして、火地が一心不乱に原稿用紙と格闘していた。長い白髪を振り乱し、万年筆でカリカリと必死に書きつけている。

もう少しふくよかならば、川端康成《かわばたやすなり》のようだとも見える鬼気迫るその姿に、陽一は腰が引ける。しかし、ここは何とかしなくてはならない。重い足を引きずるようにして、陽一は火地の前に立つ。だが、もちろん火地は顔も上げることなく、ただひたすら万年筆を走らせていた。

陽一は声をかけるタイミングをつかめずに、しばらくその様子を眺めていたが、火地の原稿用紙に「江戸」という文字が見えた。ハッ、と息を呑んで見つめる。どうやら火地は「江戸」に関する文章を書いているらしかった。

その事実に背中を押されるように、

「あ、あの……」

陽一は、恐る恐る声をかける。もちろん、何の返答もない。

「いつも、ありがとうございます。おかげさまで、昨日も助かりました。巳雨ちゃんが、稲荷神からも感謝されたようです」

「…………」

「実は、今日もまた、お訊きしたいことがありまして」

「…………」

「よろしいでしょうか」

陽一の問いかけを完全に無視するように、火地はますますペンを速めた。

「そ、それで……」陽一は顔を引きつらせながら言う。「今度は、江戸に関してなんですが――」

「おまえ」嗄《しわが》れた声が低く響いた。「わしの原稿を、盗み見たな」

「いっ、いえいえ」陽一は、あわてて顔の前で手を振った。「とんでもないです。本当に今回は、江戸に関しての――」

「うるさいわい」火地は顔も上げずにペンを走らせる。「帰れ」

「あ。いえいえ、そういうわけには――」

「小娘と猫にも伝えておけ。ここ数日間、あんたらのおかげで、仕事が全くはかどらん。時間は有限、問題は無限じゃというのにな」

「す、すみません」陽一は、ペコリと頭を下げる。「でもですね、またしても大きな事件が起こってしまいまして」

「それこそ、大きなお世話じゃ」

「でも、今回は江戸——東京なんです！」

ふん、と火地は鼻を鳴らした。

「それで、今朝から空気がおかしいのか」

「そうです！」陽一は、ここぞとばかりに詰め寄る。「多分、またあいつらが、今度は東京を壊そうとしているんです。いえ、具体的に何をどうしようとしているのかは分かりません。でも、すでに五人の人間を殺して——」

「死ねば、こっち側に来る。わしらの仲間じゃ」

「そ、それはそうなんですけど！」

「それが嫌ならば、警察に頼んで、さっさと犯人を捕まえてもらえば良かろう」

「色々と伝えてあります」

「じゃあ、どっちみち、わしには関係のない話だ」

「いえ！」と陽一は叫ぶ。「もちろん、犯人は逮捕してもらうつもりですが、でも警視庁の人たちは、犯人が不動明王に火をつけて回っている理由を、最後まで理解できないと思うんです」

「不動明王？」

「そうなんです」陽一は力説する。「今回一番の問題だと思われるんですが、刑事さんたちは、その行為が何を意味しているのかに関しては、全く関心がないでしょう。

あの人たちは『この世』の出来事以外は、全く目に入らないようですから」

「目に入らない方が、幸せかも知れん」

「個人的にはそうですけど！　でも、もしも東京が壊滅するようなことにでもなったら、全員が不幸になります。ところが、彼らが不動明王を燃やす動機が分からないんです。だから、その理由を火地さんに教えていただきたいんですっ」

「そんな愚か者の行為の動機など、わしに分かるわけもない。そもそも、犯罪者の真意などを忖度《そんたく》すること自体が無意味じゃわい」

一瞬納得しかけてしまった陽一は、しかし、心を強く持ち直して訴えた。

「それはそうかも知れませんけど、でも今回はそうも言っていられないんです。そして、彼らの背景にあるのは、江戸の歴史に関係していると思います。というのも、いわゆる『江戸五色不動』を次々に狙っているからなんです！」

「勝手に狙わせておけばいい」

でも！　と陽一は訴える。

「万が一、それが今の東京を災厄に巻き込んでしまうようなことになったら、新宿だって、それにここのお店だって、きっと巻き込まれます」

「ふん」

火地は嗤《わら》ったが、

「なんですって？」

いつのまにか陽一の側に立っていた女性の幽霊が、低く言った。

彼女はこの店の先代のオーナーで、もう十年近く前に亡くなってしまったという女性だ。この席の向こうにある、誰も立ち入ることのない古く小さな部屋に棲みついている幽霊だ。

「今、あなた何て言ったの？」

「はい」と陽一は答えて説明する。

江戸五色不動が次々に襲われている。それはおそらく、東京に災厄をもたらそうとしている者たちの仕業。しかし、五色不動を狙う意図が分からない。そして、このままでは東京が危ない。

「ですから、ここで何とかしないといけないと思い、火地さんを訪ねて来たんです」

「大変じゃない！」と女性の幽霊は声を荒らげる。「火地さん、何をのんびり原稿なんて書いてるの。そんな場合じゃないでしょう」

「原稿なんて、じゃと！」火地は憤る。「今、佳境に入っとる場面で止められるかっ」

「平気よ。どうせ誰も読まないから」

「な——」

と火地は一瞬絶句したが、すぐに陽一に向かって言った。

「それに今回は、いくら伶子《れいこ》さんの言葉でも、わしにはどうしようもない」

「いえ。現場に関しては」陽一が言う。「ぼくらが何とか頑張ります。ですから火地さんには、これらの歴史的背景に関して教えていただきたいんです。江戸五色不動というのは、そもそもどんな意味を持っているのか。何しろ、その根本が分からないことには、対処のしようがありません」

しかし火地は、

「そんなことを今、説明しとる暇はないし、そもそもわしには関係ない話じゃ」

冷たく言い放った。ところが、その言葉を聞いて伶子はいきり立ち、テーブルをバン、と叩いた。

「関係だったら大ありでしょう！」

「な、何がじゃ」

思わず体を引く火地に向かって、伶子はずいっと身を乗り出した。

「もしも東京が大変な災害に見舞われてこの店が潰れでもしたら、私はどこか他の場所へ行くわ。でも、火地さんは地縛されているから、ここに残るしかないのよ。明日からあなたは、イスもテーブルもない廃墟で、原稿を書かなくちゃならない」

「うっ……」

「しかも、もう誰もあなたに、淹《い》れたての美味《おい》しいコーヒーを運んできてくれる幽霊はいない」

伶子は、わざと冷ややかな目つきで火地を見る。

「それも未来永劫。ああ、悲しいわねえ」

「お、脅かすのか」

「いいえ。事実を述べただけ」

「…………」

火地は、痩せこけた頬をピクピクと痙攣させて伶子を、そして陽一を見た。

やがて、手を可愛らしい座布団に伸ばしてその上に座り直すと、一度大きく嘆息し、諦めたように万年筆を投げ捨てた。そして、濃紺色の缶からショートピースを一本取り出してくわえ、

「そこに座れ」マッチで火を点けながら、陽一に言った。「江戸五色不動の、何を知りたいんじゃや。しかし、わしとて、あらゆること全てを知っとるわけではないぞ」

「はいっ」

陽一は顔をほころばせると、火地の前に腰を下ろす。

その様子を見ると伶子は軽くウインクして、風のようにドアをすり抜け、自分の部屋に戻って行った。心の中で感謝しながら陽一は、火地と向き合った。

「今も言いましたように、江戸五色不動なんですが、これが分からないんです」

「難儀な男じゃ」

プカリと煙を吐き出す火地に、陽一は昨夜から今までにかけて起こった事件を詳しく伝えた。今回、犯人の目的はどこにあるのか。そして今までと同じように、結界を壊して怨霊を解き放とうと考えているのであれば、その結界の中——五色不動にはどのような怨霊がいるのか。

「実際に回ってみて感じたんですが、事実、不動堂の周りにはさまざまな人々が眠っていました。しかし、今までのような大怨霊はいないように思えました。とすると、五色不動は本当に『結界』を形作るためにそこにあるんでしょうか。そのようなものは江戸時代に存在していなかったという説が有力ですが、それならばなぜ『江戸』五色不動という名称なのか」

「あんたらは、その点に関してどう思っとる？」

「はい」

と応えて陽一は彩音の説——五色不動の場所が、陰陽五行説の五色の方角と合致していないという話を、また五街道守護説に関しては、位置と数が合っていないのではないかという自分の説を伝える。

「いかがでしょうか」

すると火地は、煙草を灰皿に押しつけて消すと、

「桜、を知っておるか」

と尋ねてきた。

「は？」陽一は一瞬、呆気に取られる。「桜……って、花の桜ですか。もちろん知ってますけど、それが何か？」

「桜の名称の語源は、一説では『サ』——神の『座《くら》』だといわれておる。今その真偽はともかくとして、桜は神が宿る木と考えて間違いはない。あれほど美しく咲きおるのだからな」

はあ……と陽一は、釈然としないまま応えた。

「そうですね。梶井基次郎《かじいもとじろう》などは、その姿が余りにも美しいのは『桜の樹の下には屍体が埋まっている』からだと書いています。桜の根が、死体を抱きかかえてそのエキスを吸い上げているからなんだと……。でも、それが何か？」

「では尋ねるが、江戸の桜の名所といえばどこじゃ」

「ええと……新宿御苑などは、ずっと新しいですから……上野公園や隅田公園でしょうか」

その通り、と火地は首肯する。

「上野の桜は寛永年間に天海大僧正が、そして隅田川の桜は徳川八代将軍・吉宗が植えさせた」

「えっ。そうなんですね」

「その他にも吉宗は、江戸の東西南北に行楽地を整備した。東は今言った隅田川堤、西は中野、北は王子《おうじ》・飛鳥《あすか》山、南は品川・御殿《ごてん》山に、桜や桃や松などを植え、庶民の行楽地としたんじゃ。玉川上水沿いにある小金井の桜も、吉宗の指示によって植えられた。それが現在まで、花見の名所として残っておる」

「……でもそれが？」

「また、梅の名所は、亀戸天神や向島。月見と虫聴《むしき》きの名所は、やはり隅田川や飛鳥山。あとは港区・高輪や、荒川区の道灌《どうかん》山といわれとる」

「そういえば……」陽一は頷いた。そして、まだ火地の真意がつかめないまま答える。「吉宗たちが、川の堤などに桜や梅を植えたのは、そこに大勢の人々を集めて土を踏み固めさせるためだったという話を思い出しました」

「では、山は？」

「うーん……」陽一は首を捻った。「人工の山だったんでしょうか。あれ、でも、そんなこともないか……」

「今あんたが言ったような土を踏み固めるという意味では、勧進相撲――本来は神社仏閣の修復費を募るための手段だったが、やがて一般庶民向けの興行となって江戸各地で行われるようになった。相撲小屋もそうだな」

ええ、と陽一は頷く。

「そうですね。力士たちは、大地に向かって四股《しこ》を踏みますからね。相撲も、最初は神事だったといわれていますから、一種の地鎮祭《じちんさい》的な要素も持っていたんでしょう。やはり、地を踏み固めるという」

「では江戸時代、その相撲小屋はどこにあった」

「ええと……」陽一は必死に思い出す。「深川の富岡八幡宮です」

「あとは？」

「……具体的には思いつきませんけど、両国辺りにもあったんでしょうね」

「今あんたが言ったように、富岡八幡宮。両国・回向院。その他、浅草大護院。市谷亀岡《かめがおか》八幡宮。湯島天神。そして、港区の芝神明《しばしんめい》じゃ。やがて、天保の頃から回向院が独占するようになった。そして現在、両国には国技館が建っておる」

「なるほど……」

「また、富岡八幡宮は当時の寺社詣でとしても、非常に人気があった。浅草・浅草寺や、上野・寛永寺、芝・増上寺、音羽・護国寺、北区の王子稲荷神社などと並んでな。ちなみに、寛永寺は徳川家光の開基で、初代の住職は天海大僧正じゃ。『東叡山』つまり、東の比叡山というその名の通り、江戸の鬼門である北東を護っている徳川家の菩提寺じゃな。増上寺も同じく徳川家の菩提寺で、徳川将軍十五代のうち、秀《ひで》忠《ただ》、家宣《いえのぶ》、家継《いえつぐ》、家重《いえしげ》、家慶《いえよし》、家茂《いえもち》の六人が葬られておる。一般的には、寛永寺で江戸の鬼門を、そして増上寺で裏鬼門——を押さえているといわれているが、これは間違いじゃ。なぜなら、増上寺は江戸の南西に位置していない、いいからな」

「そう言われれば……確かにそうです。増上寺は、南だ」

ふと考え込む陽一を置いて、火地は続けた。

「あと、護国寺は、徳川綱吉の母・桂昌院《けいしょういん》の祈願寺として建立された。隣接していた護持院は、明治年間に護国寺と合併する。また、皇族専用の『豊島岡《としまがおか》墓地』が造られ、斂葬《れんそう》の儀が執り行われておる」

というこことは、と陽一は身を乗り出す。

「もしかして江戸五色不動も、そうやって大勢の人たちが足を運ぶようにという意図で作られたと？」

だが、火地はその質問には答えず、更に尋ね返してきた。

「江戸六地蔵を知っておるか」

「は？　はい、名前だけは知っていますけど」

と答えたものの、さすがにたまらず、陽一は訴えた。

「あ、あの、さっきから話題がどんどん逸れて、何か東京の観光名所の話になっているような気が——」

しかし火地は、逆に畳みかけてきた。

「その六地蔵は、どこにある？」

「い、いや……余り詳しくは……」

六地蔵は、と火地は言う。

「品川の品川寺《ほんせん》、浅草の東禅寺、新宿の太宗寺、巣鴨の真性寺、深川の霊巌寺、富岡の永代寺じゃ。現在はこの永代寺の代仏の寺として、上野の浄名院となっておる」

「え……」

その地名を聞いて眉根を寄せる陽一を火地が見た。

「どうした」

「いえ」陽一は目を瞬かせて答える。「何となく、さっきからずっと同じような地名が出てくるもので……。これは、偶然ですか？」

まだじゃ、と言って火地は続ける。

「最初にあんたが言った『五街道』じゃが、それは？」

「東海道、奥州街道、日光街道、甲州街道、中山道です。でも、奥州街道と日光街道は途中で分かれるため、江戸を出発する道は四本でした」

「その四ヵ所の出入り口にあったのは、何じゃ？」

ええと、陽一は軽く頭を振った。

「当然、宿です。江戸四宿《ししゅく》と呼ばれていました」

「その場所は？」

「東海道は品川宿、奥州街道・日光街道は千住宿、甲州街道は内藤《ないとう》新宿、中山道は板橋宿……。ちょっと待ってください！」

陽一は目を閉じて手を挙げた。

「品川、千住・浅草、新宿、板橋・巣鴨って、どこも、六地蔵の近辺ばかりじゃないですかっ」

そうじゃな、と火地は当たり前のように言う。

「江戸・日本橋を出発して、小田原・浜松を経由して京都へ向かう東海道の最初の宿場は『品川宿』。天保十四年（一八四三）の記録によると、旅籠《はたご》の数は九十三軒だった。次に、八王子《はちおうじ》・大月を経由して甲斐へと向かう甲州街道の最初の宿場は『内藤新宿』。旅籠数は二十四軒。そして、宇都宮を経由して奥州へ向かう奥州街道・日光街道の最初の宿場は『千住宿』。旅籠五十五軒。ちなみに」

火地は、ショートピースを一本取り出すと火を点けた。

「松尾芭蕉《まつおばしょう》が『行春《ゆくはる》や鳥啼魚《とりなきうお》の目は泪《なみだ》』と詠んで『奥の細道』の旅に出発したのが、ここ『千住宿』じゃ。そして四本目は、大きく迂回して熊谷・諏訪を経由し京都へ向かう中山道の最初の宿場は『板橋宿』。やはり天保十四年の記録では、旅籠五十四軒となっておる」

相変わらず火地は、何の資料も読まずにスラスラと告げた。文字通り人間でないとはいえ、物凄い記憶力だ。

陽一が感心していると、更に続けた。

「そして、この五街道の他に当時、良く利用されていた街道がある。それは千葉街道じゃ。そして、その街道の出入り口には、富岡・永代寺と深川・霊巌寺があった」

「全部出揃いました！　ということは、六地蔵は、江戸五街道の出入り口にわざと置かれたんですか……。ああ、そうか！　一種の道祖神《どうそじん》というわけですね。国の境目に道祖神を置いて疫病や悪霊の侵入を防ぐという」

しかし火地はその言葉を無視して言う。

「そして、これらの宿場はどこも大繁盛したんだが、それには大きな理由があった」

「やはり、他と比較して機能が、優れていたからですか？」

「バカか。遊女に決まっとるだろうが」

「あっ」

「これらの宿の繁栄は、妓楼・遊郭によるところが多かったことは明らかじゃ。旅から帰った人々が、飯盛女《めしもりおんな》——安い女郎目当てに宿泊したために、とても繁盛したという。おかげで、野菜や川魚を売る朝市までできた。その上、江戸から町人たちもやって来た。高級な遊郭の吉原などには縁遠い一般庶民が、大勢押しかけたという。一般に『岡場所』といわれるこの幕府非公認の遊里は、安永《あんえい》年間（一七七二～八一）に、七十ヵ所にも増えた。そんな遊里は『江戸にては護国寺門前なる音羽町、四谷の新宿、板橋宿、立川宿、千住宿、品川宿等にあり』といわれた。その中でも代表格が、これら品川・新宿・板橋・千住の江戸四宿と、深川じゃった」

「そういうことだったんですね」

「特に品川宿の繁栄は、板橋や内藤新宿や千住を凌いだという。特に明和元年（一七六四）には、幕府によって飯盛女が五百人まで認められた結果、吉原に次ぐ盛り場となった。ちなみに、板橋・千住は、各百五十人だったからな。ということで、今回の話の重要な鍵ともなる――」

と言って火地は煙草を消した。

「吉原じゃ」

＊

すみれは、インターフォンの呼び出しを無視して資料を読んでいたが、誰も応答しない。いつの間にか母とますみは出かけてしまったらしかった。おそらく母は、パー

ト へ。ますみは、きっと居ても立ってもいられなくなって、近くの同級生の家にでも行ったのだろう。

仕方なく呼び出しに応えると、

「すみれさんですかっ」インターフォンの向こうから、若い女性の声が聞こえた。「南ですっ。谷川南！」

「嘘っ」すみれは、こちら側で大きく目を開く。「……駒込の？」

はいっ、と南は叫んだ。

「昨日、家が火事に遭った」

「大丈夫だったの！」

「何とか」

「ちょ、ちょっと待ってね。今すぐ玄関を開けるから」

すみれは、半信半疑のまま、転がるように階段を降りると玄関へ走る。そして大急ぎで鍵を開けると、目の前には本当に南が立っていた。しかし、いつもの可愛らしい顔は青ざめて、固くひきつっていた。

「南ちゃん……」すみれは南を、まじまじと見た。「だって。だってテレビのニュースでは、あなた……」

はい、と南は頷いた。

「焼死したって言われてるって」南は、こわばった顔のまま早口で喋る。「けど、必死に逃げて」

「じゃあ、誰か代わりの人が焼け死んじゃったっていうこと」

「多分」

「お母さんたちは？」

すみれの質問に、南は俯いたまま無言で首を振った。

「どうして言わないの！」

変じゃない、という言葉を呑み込んだすみれに向かって、

「それより！」と南は訴える。「ますみちゃん、いますかっ」

い、いいえ、とすみれは気圧《けお》されたように答えた。

「こんな事件が続いてるから、多分、友だちの所に行ったみたい。それこそ、あなたの家に向かってるかも。すぐ、携帯で連絡してみるね」

「お願いします。私、携帯をなくしちゃったので」と言ってから南は、一旦家の中に入ろうとしたすみれを引き留めた。「あと、もう一つお願いが」

「なあに」

「私」と南は怯えたような顔で言う。「犯人の顔を見たんです」

「えっ」すみれは立ち止まって尋ねる。「どんな人だった？」

「全然知らない人でした。とっても恐くて恐くて……」

「どうして誰かに言わなかったの！」

「……分かりません。パニックになってしまって、自分でも一体何をやっているんだか……。だから、一緒に警察まで行ってもらいたくて」

「もちろん、それは構わない。でもとにかく、ますみに連絡する」

「はい」

と南が答えた時、近所から声が上がった。しかも、何人もの男たちの大声だった。

「火事だっ」

「お不動さまが、燃えてるぞ！」

気がつけば、焦げ臭い風がすみれたちを包み始めている。

そして、声の方に目をやれば、確かに黒い煙がもうもうと立ち始めていた。その向こうに、チラチラとオレンジ色の火も見える。

「大変！」

すみれは叫んだ。

確かにあの方角は目黒不動尊。しかも本堂ではないのか。

見つめるすみれの目の前で、突然、黒い煙と炎が大きく空に上がった時、
ぐらり、体が揺らいだ。

思わず玄関の壁に片手をつく。

「大丈夫ですかっ」南は駆け寄って支えた。「どうしました」

「平気……」すみれの背中を冷たい汗が伝う。「ちょっと、目眩《めまい》がしただけ。それより、早く南ちゃんのお母さんと、ますみたちに連絡しなくちゃ。あと、お不動さんの様子も！」

「はいっ」

南は答えて、すみれにぴったり寄り添う。

そして目を細めると、
ニヤリとほくそ笑んだ。

＊

ここにきて、吉原。

やはり関係してくるのか！

しかし、一体どこで？

「重要な鍵が……吉原ですか」

陽一は訝しんだが、一方の火地は何食わぬ顔で続けた。

「吉原は、当然知っておるな」

ええ、と陽一は頷く。

「先ほど三ノ輪の目黄不動を回った際に、浄閑寺にも立ち寄って来ました」

「元和三年（一六一七）に、幕府は散在していた傾城屋《けいせいや》商売を禁じて、日本橋・葺屋町東側の土地に、公認の遊郭を開設することを許可した。これが『元吉原』じゃ。しかし明暦二年（一六五六）、幕府から吉原の妓楼に対して、浅草・日本堤《にほんづつみ》への移転が命ぜられた。当然、妓楼の主たちは反対した。しかし、そのわずか一年後に起こった明暦の大火によって、元吉原は跡形もなく焼失し、すべての楼は現在の吉原に移転することとなったわけじゃ――。それで、浄閑寺はどうだった」

「はい。想像以上に、物凄い念が渦巻いていました」

と言って陽一は寺の様子と、彩音が霊障を受けた話などを火地に告げた。

「当然そういうこともあるじゃろう」火地は真顔で首肯した。「実際に手首を切ったり首を吊ったりして自殺した遊女も大勢いたろうし、またそう見せかけて殺された遊女も何人もいたと聞く。それでなくとも、心中に失敗した者たちの霊がたくさん葬られておるしな」

「心中に失敗した者たちですか？」

「そうじゃ。たとえば、遊女と客が真剣に愛し合うようになってしまい、かといって年季も明けず、身請けもままならない状況ならば、その二人に残された手段は一つ。あの世で一緒になる方法、つまり心中しかなかった。正確に言えば『心中』という言葉は、男女がお互いに誠実な愛情を示し合うことを意味していた。『指切り』や『起請文』のようにな。しかしやがて『心中』といえば、一緒に自殺することを指す言葉になった。指や文字などではなく、命を懸けた恋じゃ。そして、一旦心中すると決めた以上、絶対に失敗は許されなかった」

「どうしてですか？」

「心中した男女の遺体は、葬式を行うことも許されず、もしもどちらかが生き残っていれば、その人間は殺人犯として扱われた。それほどまでに、幕府が固く禁じておったからじゃ」

「殺人犯！　それは酷い」

「そのため、心中が未遂に終わってしまった二人、あるいはその片割れは、遊女や客であろうが一般の商家の男女であろうが、その区別なく後ろ手に縛られて、罪状が墨書きされた立て札と共に、日本橋のたもとに三日間晒された。しかもこの三日間、無抵抗な彼らは、見物人に乱暴され放題だった。日が落ちて夜ともなれば、そこではとても言葉にできないような惨事が繰り広げられたという」

「え……」

絶句する陽一に向かって、火地は続ける。

「その後、男は当時最下層の身分だった非人《ひにん》の、そのまた手下にされた。一方、女は年季明けなしの遊女として吉原に放り込まれた。つまり、心中に失敗した女は、文字通り『死ぬまで』吉原で働かされたんじゃ。だから川柳では、当時の『死すべき時に死せざれば、死にまさる恥あり』という諺《ことわざ》をもじって、

死すべき時死なざれば日本橋

と詠まれた。だからこそ、見事に心中したという話があると、誰もが哀れみながらも心の中では、良かったねと言って喜んだ。心中未遂の顚末が、それ程までに悲惨だったからな」

「文字通り、死ぬより残酷な話だ……」と陽一は溜め息を吐いた。「だから江戸時代は、いわゆる心中ものの浄瑠璃や歌舞伎がもて囃されたんですね。万が一失敗した時、絶望的なほどの大きなリスクがあるのを分かっていながら、それでも敢えて心中を試みた二人の心——強い愛に共感したんだ」

「そういうことじゃ」

でも、と陽一は尋ねる。

「どうして、心中がそこまで厳しく罰せられたんですか？　命を懸けた愛なら、もう少し優しく認めてあげても良いのに」

「今あんたが言ったように、心中というのは、命を懸けて激しく愛し合った結果の行為だったから認められなかったんじゃ。身分も何もかも越えて愛し合ってしまった結果だからな」

「あっ」

「こんな行為を許していては、幕府の敷いている、階級・身分制度の政策が壊れてしまう。だから、見せしめの意味でも、厳罰に処したんじゃ」

「そういう理由だったんですね」

陽一が納得していると、

「そんな女性たちが送り込まれた吉原では」と火地は続ける。「大晦日《おおみそか》には、世間一般の獅子《しし》舞《まい》の代わりに『狐舞《きつねまい》』が行われた。白い狐面を被って美しく着飾った『福狐』が、吉原中を練り歩くんじゃ。この『福狐』に抱きつかれた者は翌年に身籠もってしまうという言い伝えがあり、そうなっては不都合な遊女たちは、必死に逃げ回ったという。そして最後は、おひねりを投げて許してもらうというのがお約束だった。四代目・歌川広重《うたがわひろしげ》も、こう書いておる」

と言って火地は暗唱した。

「『新吉原に限り、年越大晦日に獅子舞は一組もなく、狐の面を被り、幣と鈴を振り、笛太鼓の囃子にて舞い込む。是を吉原の狐舞とて、杵屋《きねや》の長唄の中にも狐舞の文句をものせしあり』——とな。このように、吉原と『狐』とは縁が深かった。遊女そのものも『狐』と呼ばれておったし、実際に廓の四隅と大門の外の高札場には、計五つの稲荷社が祀られておった。大門の手前は『玄徳《よしとく》（吉徳）稲荷社』が、そして北から左回りに『明石稲荷社』『九郎助《くろすけ》稲荷社』『開運稲荷社』『榎本稲荷社』じゃ。これらの中でも特に『九郎助稲荷社』が、遊女たちに人気があった。だから川柳にも、

　　化かせ化かせと九郎助のご神託
　　九郎助の氏子やっぱり狐なり

などと詠まれたりした。このように、遊女は人を化かす——欺すから『狐』と呼ばれていたと一般的にも思われていたようだが、昨日も『伏見稲荷大社』に関して言ったように、昔から『狐』自体が、遊女と考えられておった」

はい、と陽一は首肯する。

「平安の昔、遊女は『来つ寝《きね》』——と呼ばれたと、お聞きしました」

「安倍晴明の母親も、そうじゃな」

「ええ。信太森《しのだのもり》の狐だった。しかし、もちろん本物の狐のはずはない。信太森に住んでいた遊女だったと」

「そもそも、人を欺す動物であれば狸でも狢《むじな》でも構わんのだから、それが狐であるには、それ相応の理由を持っているというもんじゃ。ちなみに吉原では、誘拐されて女郎になった女性を『いなり』と呼んでいた。これは『居成り』で、先ほどの心中失敗の女性同様、年季明けのない遊女という意味じゃな」

「それらが『狐』のもう一つの意味だと？」

「違う」

火地はショートピースをくわえると、マッチを擦る。オレンジ色の炎が陽一の瞳に映る。火地はそれを煙草に点けて言う。

「火事じゃ」

「えっ」

「吉原では、火事になっても周囲の人たちは手を貸してくれなかったという話は知っておるじゃろう」

「はい」

陽一は頷いて、先ほど巳雨に告げた話をする。

吉原は、独立した治外法権地域になっていたために、火が出ても隣町からの救助を当てにすることはできなかった――。

「そうじゃ」火地はプカリと煙を吐いた。「遊女たちの逃亡を防ぐために、大門や木戸を閉ざしてしまったというからな。そのために、多くの焼死者が出た。また、焼死しなくとも、重い火傷を負ってしまい、耐えきれずに自殺してしまう遊女もいた」

「でも、それが……？」

「だからこそ吉原には、強い火伏せの神が必要だったんじゃ。しかし、単なる火伏せの神であれば、荒神《こうじん》や秋葉《あきば》や愛宕《あたご》――迦具土《かぐつち》の神を呼んでくればいい。しかし、そこは吉原だった」

「そういうことですか！」陽一は納得する。「だから、稲荷神だったんですね」

これも昨日、火地から聞いた。

稲荷神はその本質上、火伏せの神としても崇められていた。

江戸時代には大きな「火」を扱う花火屋の屋号が、「玉屋《たまや》」と「鍵屋《かぎや》」で、これは稲荷神の神使である狐がくわえている「玉」と「鍵」が由来なのだと――。

「そういう何重もの意味を持って、吉原と狐は結びついておるというわけじゃ」

「その点に関しては、充分に納得しました。でも」陽一は、身を乗り出して尋ねた。「それが、どうして五色不動と――」

火地は、その問いかけが耳に入らなかったように続ける。

「そして、吉原と非常に縁が深いものといえば、もう一つ。歌舞伎じゃな」

「歌舞伎ですか……」

陽一は思わず聞き返してしまった。

今朝の若い刑事が言っていなかったか。

今回の事件現場は、なぜか歌舞伎に関係している場所が多いのではないか、と。

全くの偶然なのだろうか……。

「そして歌舞伎小屋にとっても」

陽一の懐疑をよそに、火地は言う。

「火事は大敵だった。江戸中の誰にとっても火事は恐ろしいが、特にあの小屋は大きな空間を包み込む建物の構造上、一旦火がついたらその火勢は留まるところを知らなかったからな。民家の比ではない。だから彼らも稲荷神を祀り、火伏せの神としての御利益も願ったんじゃ。現在でも、歌舞伎が行われる演舞場には、必ず稲荷神がおるじゃろう」

「確かに、そうです。しかも稲荷神は、吉原と縁が深い。実際に歌舞伎では、吉原を多く題材に取り入れています」

と言って陽一は、これも巳雨に告げた例をここで挙げた。

その話に頷いて、火地は言う。

「二の裏は五、じゃからな」

「は？　サイコロですね」

「違うわい。二は『二丁町』で、歌舞伎の中村座と市村座。そして五は『五丁町』――江戸町一丁目、二丁目、京町一丁目、二丁目、角《すみ》町で、吉原のことじゃ。もちろん、後に猿若《さるわか》町に移転してからは、地理的にも背中合わせのようにして存在しておったが、それ以前に、お互い離れられない関係だという意味もある」

「ああ……」

洒落《しやれ》ている。

「そもそも、江戸の芝居小屋は」

火地は、プカリと煙を吐いて続けた。

「初めは、現在の中央区日本橋辺りにあった堺《さかいちよう》町に中村座が、地続きの葺屋町に市村座が置かれ、大芝居町『二丁町』ができあがった。また、今の銀座、木挽《こびき》町には、山村座と森田座が興行していた。山村座は、正徳《しようとく》四年（一七一四）の絵《え》島生島《じまいくしま》事件で廃絶させられてしまうが、残り三座は以後も場所を変えることなく興行を続けておったんじゃ。ところが、天保十三年（一八四二）、天保の改革の際に突然、江戸郊外の浅草聖天《しようでん》――後の猿若町に移転させられてしまう。時の老中である水野《みずの》忠邦《ただくに》が、歌舞伎が市中の風俗に悪影響を及ぼすと考えたのだといわれとる」

「しかし猿若町に移ってからは、狂言作家の河竹黙阿弥《かわたけもくあみ》が、次々と大衆受けする作品を世に送り出した。そしていわゆる『猿若町時代』という一世を風靡する時代を築いてしまう。そのため、遠く移転させられても、江戸の人々の足は遠のくどころか、吉原と相まって一大江戸文化を築き上げることとなったんじゃ。何度となく繰り返される弾圧をものともせず、現代にまで生き残っておるというのは、まさに江戸っ子の意気――粋《いき》を感じるわい。ちなみに、この猿若町という地名は、江戸歌舞伎の始祖である猿若勘三郎にちなんで名づけられたものじゃ」

「そういうことだったんですね……」

「歌舞伎はまた、江戸の流行の源泉も担っておった。たとえば現在『市松模様』として知られる格子柄は、近松門左衛門《ちかまつもんざえもん》の『高野心中』に登場した、佐野川《さのがわ》市松が着用した袴の染め付けが評判になり広まったものじゃ。髪型を流行らせた吉原の勝山太夫といい、市松といい、まさに吉原と歌舞伎は、当時の文化の両輪を担っておった」

「本当ですね……。今こうして改めて聞いても、驚きます」

そして、と火地は煙を吐く。

「これら全ての場所が、本来置かれていた江戸五色不動と、そして六地蔵の周りに集まっておる」

「なるほど……」

「えっ」

突然、話が戻った。

火地は、まっさらな原稿用紙と万年筆を陽一に差し出す。

「ここに全部書き出して、一つ一つ確認してみればいい」

「はい。ありがとうございます」

と答えて、陽一は今までの話を手書きの表にした。

全て記入し終わると、陽一はそれを眺めて大きく嘆息する。

「……これは」

空欄が数ヵ所あるものの、殆どが綺麗に埋まっている。しかもそこには、明暦の大火で甚大な被害を出した霊巌寺や増上寺、大火の被害者を埋葬した両国回向院などもある。

「そういえば」と陽一は火地を見た。「吉原も、何度も大火を出しています。もしかすると、その供養のために人々が集まった場所を表しているんでしょうか」

「本末転倒じゃ」

火地は指が焦げそうなほど短くなった煙草を、ジジ……と吸った。

「そ、そこに人を集めたんじゃ」

「花見や月見のように？」

「そうじゃ」

「しかし、わざわざ集めるようなことをしなくても、全て五街道の出入り口ですし、今の歌舞伎と吉原ではないですけど、宿と妓楼があれば、黙っていても人は来るでしょう」

「幕府としては、いや、ひょっとすると明治政府も、そうしたい理由があったんじゃろうな」

火地は煙草を灰皿に押し付けて消した。

「いまの吉原じゃが『仲之町通り』が中心に走って、その左右に六つの町が対称形に造られていた。但し、全体の地図を眺めると、その長方形の町は、東西南北に広がっておらず、角度が五、六十度ほどずれておる。その理由が分かるか」

「い、いえ……。どうしてですか？」

「泊まっていく客のために『北枕』を避けたからじゃ」

あっ、と陽一は納得する。

「だから吉原は、あんな形をしていたんですね。何もない野原に造ったはずなのに、どうして東西南北の長方形じゃないんだろうと思っていました」

「そこまで細かく気を配る人間たちが五色不動、いや、少なくとも三色の不動を置いた。そこに何の理由もないとは考えられないじゃろう。そしてそれをこそ、あんたら

不動尊	六地蔵	寺院	街道	宿場	遊郭	相撲小屋	花見・月見
目黒	品川寺	増上寺	東海道	品川宿	品川宿	芝神明	御殿山
目青	太宗寺	×	甲州街道	内藤新宿	赤坂	富岡八幡宮	（新宿御苑）
目白	真性寺	護国寺	中山道	板橋宿	板橋宿	×	飛鳥山
目赤	浄名院	寛永寺	中山道	巣鴨宿	巣鴨宿	湯島天神	上野
目黄	東禅寺	浅草寺	奥州街道 日光街道	千住宿	千住宿 吉原	浅草大護院	隅田川 向島
（深川）	霊巌寺 永代寺	深川不動尊	水戸街道 千葉街道	深川宿	深川宿	富岡八幡宮 両国回向院	（清澄庭園）

が追っている奴らが狙っているというわけだな」

　急に話が核心に入った。

　身構える陽一に向かって、火地は言う。

「これらの場所には、まだこの表には書かれていない、重要な共通点があるぞ」

「共通点って」

　一瞬、表に目を落とした陽一は、すぐさま顔を上げると再び火地を正面から見た。

「何なんですか！」

　勢い込む陽一をじろりと見ると、

「最初から言っとるわい。『不動』じゃ」

「し、しかしそれは、もちろん五色不動——」

「その『不動』ではない」

「で、では一体、何の……」

　陽一は、ゴクリと息を呑みこんだ。

*

　平井からの帰り道。

華岡たちの車はルーフの警光灯を点滅させ、大きなサイレン音を響かせながら、首都高速を右に左にうねって疾走する。

久野の隣で華岡は、じっと眼下に流れる隅田川に視線を落とした。どうやら、今回の犯人は確定した。彼ら二人の犯行に、間違いなさそうだった——。


二人が主治医に連れられて病室に入ると、牛嶋理奈はベッドの上に横たわり、まだ真っ青な顔で点滴を受けていた。去年、両親が離婚して、父娘二人で平井に越してきたばかりだったのに、いきなりこんな目に遭ってしまったのだという。しかし理奈は、華岡たちの質問に時折顔を歪めながらも、ポツリポツリと答えてくれた。芯の強い女の子なのだろう。

理奈は言う。

今朝早く、外の物音で目覚めた理奈が、何気なく自分の部屋の窓を開けると、いきなり木の焦げる臭いが吹き込んできたのだという。見れば、外は白く煙っている。

「火事だ！　しかも、凄く近い」

そう思って、理奈はベッドから飛び降りると、父親の弘治を起こすために部屋を飛び出した。震える膝頭を押さえるようにして、父さんっと叫びながら廊下を走り出したその時、いきなり後ろから口を塞がれた。一瞬、何が起きたのか分からなかった。

しかし次の瞬間には後ろに引き倒されて仰向けになり、その上に馬乗りにのしかかられ、首を絞められた。

叫ぼうにも声は出ない。だがその顔は、はっきりと目に焼きつけられた。藤守信郎。学年主任の教師ではないか。

「誰！」

どうして？　と思う間もなく、そのまま理奈の意識は薄れてしまったのだという。

ふと気がつくと、誰かに抱きかかえられ、煙の充満した廊下を引きずられるようにして、燃えさかる炎と熱風の中を玄関へと向かっていた。必死の思いで理奈を抱えていたのは、父の弘治だった。煙と涙でかすむ目で見れば、弘治も頭から大量の血を流しており、顔や体は煤で真っ黒だった。だが、必死に理奈を家から連れ出そうとしていた。そして、何とか外へ運び出した途端、弘治は力尽きて、その場に倒れ伏してしまった。しかし、理奈も意識が朦朧として体も動かない。息をするのもままならないほどだった。そこに近所の人たちが集まって来て、焼け落ちそうな玄関前から、理奈の体を引っ張ってきてくれた。

その一瞬、理奈は見たのだ。悪夢でも妄想でもない。

家から離れた暗い木々の間から、じっとこちらを見つめていた二人の視線。藤守信郎と、そして谷川南だった。どうして南がここにいるの？

そう思った瞬間に、意識が遠のいた——。


「ありがとう」

礼を言ってベッドから離れ、

「弘治さんのお話は？」

小声で尋ねる華岡に、主治医は「はい」と辛そうに頷いた。

「しかし、お母さまもこちらに向かわれているということですので、後はお任せしようと思っています」

「それは、良かった」

華岡は、あと二、三の細かい質問をすると、二人に礼を言って病室を出た。


また、現場では不審な男が二名と、若い女性の姿が目撃されているという。ということは、藤守と谷川の他に、もう一人男性がいたようだ。小柄な老人のようだったというが、こちらも手配しなくてはならない。

そんなことを考えていると、あっという間に車は、首都高速目黒インターに近づく。このインターで下りれば、目黒不動まで直線距離で一キロほどだ。するとその時、携帯が鳴った。

「華岡」と応対する華岡の顔色が、サッと変わる。そして「分かった。今、目黒に着いた。もうすぐそちらに到着する」

と言うと、不機嫌そうに携帯を切った。

「今度は、どうしました」

横目で尋ねる久野に、華岡は吐き捨てるように答える。

「またしても、火事だ。目黒不動が炎上中だそうだ」

「やられましたか！」

「だが、今度は犯人も分かっている。現場で取り押さえてやる」華岡は歯を食いしばると、携帯を閉じた。「もう、こんなバカげたお遊びはお終《しま》いだ」

「はいっ」

久野は答えて、アクセルを踏み込んだ。

*

不動といえば、不動明王ではないのか？

怪訝な顔の陽一を見つめ返すと、

「あんたは」と火地はゆっくり口を開いた。「朱引《しゆびき》・墨引《すみびき》という言葉を知っているじゃろう」

はい、と陽一は戸惑いながらも頷く。

「文政元年（一八一八）に江戸幕府は江戸の地図に、江戸城を中心とした四里四方を朱色の線で囲った。これが『御府内』という意味での『朱引』になりました」

そうじゃ、と言って火地は補足する。

「ちなみにその範囲は、北が、板橋宿から三河島。北東は、千住宿。東は、亀戸。東南は、深川宿。南は、品川宿。南西は、目黒。そして、西は代々木から内藤新宿。北西は、上板橋じゃった。同時に、その内側を墨色で囲い、町奉行の支配地である『墨引』とした。そして墨引は朱引より一回り狭く、北からぐるりと、巣鴨・上野・本所・深川・築地・芝・高輪・目黒・渋谷・内藤新宿・雑司ヶ谷といったところじゃ。それで――」

と言って火地は、どこから取り出したのか、一枚の地図を陽一の目の前に広げた。

「これが、朱引・墨引の地図じゃ。ここに、江戸五街道の出入り口を置いてみろ」

「は、はい」

言われるままに陽一は、それぞれの場所を記入する。そして眺めた。

「きちんと墨引の線上に乗っていますね。江戸の境界だから、当たり前と言えば当たり前ですけど」

当時、と火地は煙草をくわえながら続けた。

「その街道の出入り口には、必ず置かれている物があった」

「もちろん、宿ですね」

「その他にもじゃ」

「ああ。道祖神ですか」

「それは後回しにして、今は別の物じゃ」

「では、何ですか？」

陽一の質問に火地は、ショートピースに火を点けながら答えた。

「刑場じゃ」

「えっ」

「品川宿の近くには、鈴ヶ森刑場がある。慶安四年（一六五一）の丸橋忠弥の磔《はりつけ》から始まって、明治四年（一八七一）に閉鎖されるまでの二百二十年間で、処刑された罪人は二十万人ともいわれとる。しかし、その約四割が冤罪だったのではないかともいう。しかも、罪人といっても八百屋お七のように凶悪とはいえない者もいた。最後の刑死者である元幕臣の渡辺健蔵《わたなべけんぞう》などは、明治政府の悪政によって苦しんでいる民衆を助けようとして皇族に直訴した。それが理由で斬首・さらし首になった」

「なんという……」

「また、千住宿の近くには、小塚原《こづかっぱら》刑場。『骨ヶ原』とも呼ばれており、安政の大獄

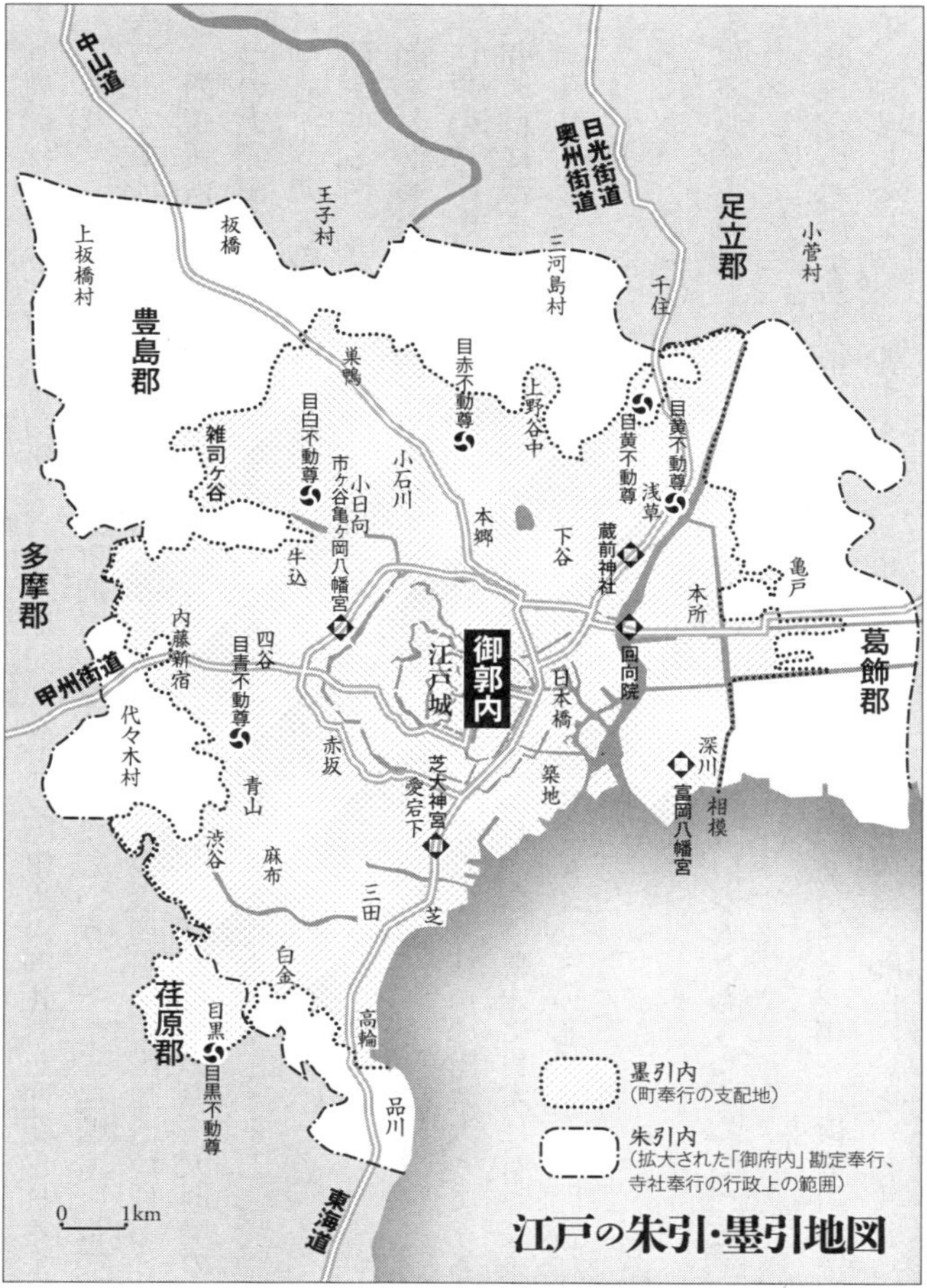
中山道
日光街道
奥州街道
足立郡
小菅村
王子村
板橋
上板橋村
三河島村
千住
豊島郡
巣鴨
目赤不動尊
上野谷中
目白不動尊
雑司ケ谷
目黄不動尊
目黄不動尊
浅草
小石川
小日向
市ケ谷亀ケ岡八幡宮
本郷
下谷
蔵前神社
多摩郡
牛込
亀戸
本所
内藤新宿
四谷
目青不動尊
江戸城
御郭内
回向院
葛飾郡
甲州街道
日本橋
代々木村
赤坂
芝大神宮
愛宕下
築地
深川
富岡八幡宮
相模
青山
渋谷
麻布
三田
芝
白金
荏原郡
目黒
目黒不動尊
高輪
品川
東海道
墨引内
(町奉行の支配地)
朱引内
(拡大された「御府内」勘定奉行、寺社奉行の行政上の範囲)
0
1km

江戸の朱引・墨引地図

で処刑された橋本左内《はしもとさない》、吉田松陰、頼三樹三郎《らいみきさぶろう》などの国事犯の刑死者が埋葬されるようになり、こちらも約二十万人もの処刑者が埋葬されたという。そして巣鴨宿と板橋宿の近くには、幕末に新撰組組長の近藤勇《こんどういさみ》が斬首された板橋刑場が中山道沿いにあった。内藤新宿では、甲州街道沿いの八王子に、鈴ヶ森・小塚原と並ぶ江戸三大刑場の一つの大和田刑場があった。その他にも、日本橋伝馬町や、芝などなど。そしてそこには必ず、罪人の首を晒した獄門《ごくもん》台や、磔台が置かれていた」

「確かに……」

顔をしかめながら地図に目を落とす陽一に、火地は言う。

「江戸の秩序を護るという名目で、幕府が設置した。これから江戸の町に入って来る人間の目に留まるように、わざとその場所に置いたんじゃな。幕末に日本にやって来たフェリーチェ・ベアトの撮った写真の中には、磔台で絶命している男や、獄門台にズラリと並べられた生首が、はっきりと写っておる」

それは、と陽一は息を呑んだ。

「ぼくも……見たことがあります。また、それを眺めている人々も写っていて、とても生々しかった」

「先ほどの心中失敗の男女を日本橋に晒したのと同様、人通りの激しい街道沿いでの、見せしめじゃな。罪——いや、正確に言えば、幕府の命《めい》を聞かないと、おまえもこうなるぞという」

「そういうことですね、刑場があれば、当然そこには火葬寺がある。江戸五三昧《ござんまい》を知っておるか」

「名前だけは……。小塚原などですよね」

「そうじゃ。あとは、品川の桐ヶ谷《きりがや》。渋谷の千駄ヶ谷。文京の千駄木。そして、現在はっきりと場所の特定はできないが、炮烙新田《ほうろくしんでん》などじゃ。これらの火葬場は当初、深川、浅草、市ヶ谷、四谷、芝、三田にあったが、江戸の町が広がると共に端へと移されていったんじゃ。ちなみに幕末になると更に増えて、南千住南組、桐ヶ谷村・霊源寺、代々木村狼谷《おにがめ》、上落合村・法界寺、深川・霊巌寺、砂村新田・極楽寺、芝・増上寺などの七ヵ所になった」

「ちょ、ちょっと待ってください！」

陽一は、手を挙げて火地の言葉を止めた。そして、今出てきた場所を地図上でチェックする。

全てが近辺ではないか！　しかもその辺りには現在も、青山霊園、雑司ヶ谷霊園、谷中霊園などが広がっている。

「あ、あの――」

口を開きかけた陽一に向かって火地は言う。

「火葬場や寺には、必ずと言って良いほど、鎮魂のための『地蔵』がおる。そのまま、六地蔵もチェックしてみろ」

「はい……」

陽一が書き込んでいると、更に火地は言った。

「そうであれば『地』を固めるための相撲小屋、そして大勢の町民たちが『地』を踏みに来る、花見の名所がある」

「はっ、はい！」

陽一は答えて、先ほどの表と地図を見比べながら書き込んでいったが、万年筆を持つ手が震えた。改めて言うまでもない。ほぼ全てが、見事に対応していた。

ということは！　と陽一は目を大きく見開いて火地を見た。

「さっきの、梶井基次郎の言葉——『桜の樹の下には屍体が埋まっている』という文章は、比喩でも何でもなく事実だっ、だ、だったということですか！」

「梶井がこの件を知っておったかどうか、それは分からん。しかし現実的には、そういうことじゃな。花見の名所の地下には、処刑された人々が大勢眠っておる。これらの場所は、なぜか鷹場《たかば》の近くにあると言っておった人物がいる。事実、雑司ヶ谷霊園などは、もとは御鷹部屋御用屋敷じゃったし、明治の頃は陸軍埋葬地だった」

「鷹場——鷹狩をする場所がですか」

そうじゃ、と火地は煙を吐く。

「江戸主要鷹場は、品川、馬込、世田谷、沼辺（田園調布）、六郷（蒲田）、中野、戸田、岩淵（赤羽）、淵江、八条（三郷）、葛西だった」

「これもまた」陽一は地図で一つ一つ確認する。「四宿や水戸街道、千葉街道の出入り口近辺です」

「もちろん鷹狩は、単なる娯楽や鍛錬ではなく、地域の偵察も兼ねていたからな。主要な街道の出入り口を見張る意味もあった。そして、その近辺には鷹狩に備えて、多くの『賤民』たちが控えておったんじゃ。ひょっとすると彼らも、処刑や葬送に関与しておったかも知れん。弾左衛門《だんざえもん》や車善七《くるまぜんしち》や松右衛門《まつえもん》や久兵衛《きゅうべえ》たちのようにな」

「そして」陽一は勢い込む。「当然、全ての場所が、江戸五色不動と関連してくる。すると不動明王は、踏み固めて地蔵を置いたその場所が『不動』であるように、と祀られたんですか？」

「それも一つの理由とは思うが」火地はプカリと煙を吐く。「また違う意味も、持っておる」

「それは？」

「不動明王自体に関しては、あんたも詳しいだろうから、細かい説明を省くが――。不動明王の梵名を知っておるじゃろう」

「ええ。アチャラナータです」

「その『アチャラ』という名は『山』を表していることから、和名が『不動』となったという。山の明王じゃ。だからわしは素直に、山からの連想で『ホド』の明王だったのではないかと考えとる」

「ホド……ですか」

「火処《ほど》じゃ」

「ああ……。ということは、製鉄！」

「事実、製鉄民の多くは、必ずといって良いほど不動明王を崇めとる。そもそも、明王の顔を見てみろ」

「顔……」と言って陽一は、あっ、と思い当たった。

その多くが片目ではないか。

基本的に不動明王像は、右目を大きく見開き、左目は細めている。製鉄民に特有の目だ。それこそ「火処」を見続けていたために、片目をやられてしまう――。

そして、手にしている剣は、製鉄民のシンボルだ。

陽一は呆然と地図を見つめた。

「製鉄民は」と火地は続ける。「遠い昔から、常に賤民として扱われてきた。これは、朝廷が彼らを非常に恐れていたという事実の裏返しだがな。彼らには、それだけ力があったというわけじゃ。しかも、なかなか朝廷の言うことを聞こうとしない、アウトローの人間たちだった。そして不動明王も『色醜く』『醜化』の明王といわれ、常に『忿怒』の表情で、『残食《ざんしょく》』をしていた」

「残食？」

「行者から、残った食物をもらい受けて食べていたんじゃ」

「えっ」

「これは、一切衆生の煩悩と悪業を引き受ける意味、といわれとる。だがわしは、そのままの意味に受け取って良いと思っておる。彼の従えている二童子――矜迦羅《こんがら》童子と制吒迦《せいたか》童子の『矜迦羅』『制吒迦』は、梵語で『奴僕・奴隷』という意味じゃが、おそらく不動明王自身もそうだったのではないかな」

「なるほど……」

「そして、そう考えると、歌舞伎俳優の初代・市川團十郎が、成田山新勝寺の不動明王に祈ったというのも、非常に納得できる」

「そう……ですね」陽一は、大きく頷いた。「歌舞伎はもともと、出雲の阿国《おくに》から発した芸能といわれていますから。そして阿国は『賤民』と呼ばれる人間だった。実際に歌舞伎の舞台で、役者自身『河原乞食に身をやつし』と表現しているセリフもあります。つまり『人』として認めてもらえない人間だと」

「そもそも阿国は『歩き巫女』。つまり遊女じゃった」

「ここでも、歌舞伎と遊女は繋がるんですね！　というより、初めから一つだった」

「どちらも、命懸けだったしな」

「遊女も歌舞伎も命懸け……ですか」

「今の歌舞伎界の状況をわしは知らんが、昔の歌舞伎は反権力であり、インモラルじゃった。有名な演目になればなるほどな。但し、余りあからさまにはできんから、わざと時代を変えたり、名前を微妙に違えて演じた。少しでも不敬があると認められると、手鎖《てぐさり》の刑に遭ったり、七代目團十郎のように『手鎖の上、江戸十里四方追放』を喰らったりもしたからな」

「そのために、成田山に籠もらざるを得なかったという事件ですね」

「そうじゃ。また『芝居町から一歩も出てはならぬ。どうしても出なくてはならない時は、編み笠を被れ』という通達も出された」

「編み笠を被るのは、囚人の印でしょう！」

「そのまま囚人と同じ扱いだったんじゃ。ところが彼らは、その編み笠をお洒落に仕立てて被ったため、町を歩くと若い女性たちが嬌声を上げて喜んだという」

「それはまた」陽一は思わず微笑んだ。「見てみたい情景ですね」

　そんな陽一の前で、

「つまり」と火地は続けた。「彼ら役者たちは、そんなギリギリのところで必死に『傾《かぶ》い』ておった。また、歌舞伎といえばこんな話がある。舞台に上がれる少年たちは『舞台子』と呼ばれていたが、一方、もっと幼かったり、年がいっても役がつかなかったりした少年たちは『陰間《かげま》』と呼ばれた」

「陰間って――」

「客の宴席に出て、男色を売った少年たちじゃ。彼らは日常的にそういった『仕事』もしておった。特に、芳町《よしちょう》、上野、湯島天神辺りが有名だった。そこで贔屓の客や、女色を禁じられていた僧侶や、自由恋愛不可の大奥の女性たち、あるいは江戸にやって来た殿様たちの相手までしたというから、かなり辛い『仕事』じゃったろうな」

「え……」

「そんな『傾い』たアウトローの彼らに、江戸の庶民は熱狂した」

「現在までも歌舞伎のセリフが、日常的な会話に残っているという話を聞いたことがあります」

そうじゃ、と火地は頷く。

「たとえば、『人は見かけによらない』という言葉は『島衛《しまちどり》 月白浪《つきのしらなみ》』の中のセリフだし、恨みを呑んだ幽霊が必ず言う『恨めしや』というのは『東海道四谷怪談』の『思えば思えば、ええ恨めしい』というセリフじゃ」

「それも、お岩さんからきていたんですね！」

「またその他にも『腹が減っては戦《いくさ》ができぬ』は『義経千本桜《せんぼんざくら》』だし、『ここで会ったが百年目』は『菅原伝授手習鑑《すがわらでんじゆてならいかがみ》』。『バカほど恐いものはない』は『仮名手本《かなでほん》忠臣蔵』。『春から縁起が良い』は『三人吉三《さんにんきちさ》廓初買《くるわのはつがい》』からきておる。それくらいに、普通の生活に浸透しておるんじゃ」

「というのも、演じる方も観客も、その時代を必死に生きていたから……」陽一は深く嘆息した。「特に歌舞伎役者などは、後ろ盾もないアウトローだったわけですしね。江戸幕府などからは『人』扱いされていなかった」

「彼らが『人』ではないというなら、相撲の力士も同様じゃ」

火地は、ふうっと煙を吐く。

「相撲の始祖、野見宿禰《のみのすくね》は『鬼』とされて『人』とは見なされていなかった。だから貴族たちの前で、当麻蹴速《たぎまのけはや》と殺し合いをさせられた。ローマのコロセウムで、奴隷や捕虜たちが、どちらかが死ぬまで闘わせられたのと同じじゃ」

「それが、やがて相撲という国技になっていった……。そういえば、野見宿禰を祀っている野見宿禰神社は、両国の回向院の近くにありますね……」

「つまり、これら全ては、当時『人』と見なされなかった人間、つまり『非人』や、昔からの『製鉄民』で繋がっておる」

火地は煙を吐く。

「遥か昔の製鉄民は、葦の根に付着する褐鉄鉱――高師小僧《たかしこぞう》を集めて、鉄製品を造っていた。踏鞴《たたら》製鉄以前の話だな。そしてたくさん高師小僧が付着している葦の根を『スズ』と呼んだ。いわゆる、鈴なりという状態じゃ」

「鈴、ですか」

「そんな場所が、葦原――吉原であり、鈴ヶ森だった」

「あっ」

「鈴ヶ森に関しては、鈴のような音が鳴る石があったという伝説もあるが、妓楼の入り口に吊してあった鈴を鳴らして遊女を呼んだといういわれも残っておる。また一方の小塚原なども、それこそ古代から製鉄に関わる人々が多く住んでいたために、朝廷や、時の権力者たちから『悪所』と見なされていた。そこでこの辺りに、刑場・遊郭・芝居小屋などが集められたんじゃ――。それで」

と、火地は大きく煙草を吸った。

「あんたが最初に言った話に戻ろう」

「え？」陽一は聞き返す。「どの話でしょうか」

バカか、と火地は陽一を睨む。

「道祖神の話じゃ」

「は、はい。日本全国、色々な街道の出入り口に祀られている神」

「道祖神の別名を知っとるか」

「ええ。岐《くなど》の神です」

「その『クナド』というのはどういう意味じゃ」

「峠のことだとか『来《く》な』だとか、色々な話を聞きますが、結局は良く分かっていないというのが定説です」

「定説なんぞ、当てにならんわい」

「では、どういう意味が？」

「もちろん『くなぐ』じゃ」

「くなぐ？」

「婚《くな》ぐ――性交じゃ」

「は……」

「その証拠に、道祖神は夫婦神と決まっとる。男女を模《かたど》った陰陽石などのな」

ということは！　と陽一は、今日何度目かの驚きの声を上げた。

「それぞれの街道出入り口に遊郭が置かれたのは、そういう意味も込めて――」

「そういうことじゃ。まさに一石二鳥。いや、三鳥も四鳥もある施策じゃな。江戸人は賢いわい」

「何という……」

「道祖神は、縁結びや道中安全に利益があり、また子供とは仲良し神であるといわれる。つまり、それら全てを失った神というわけだな。こちらもまた、悲しい神じゃ」

「確かに、その通りです」

神は、自分が叶わなかった望みを我々に与えてくれ、また自分たちを襲った不幸が我々に降りかからないように護ってくれる。夫婦や恋人の仲を裂かれてしまった神は「縁結び」を。若くして亡くなってしまった神は「健康長寿」を。財産を不当に奪われてしまった神は「商売繁盛」「金運上昇」を。何らかの事情で子供を産めなかったり、失ってしまったりした神は「安産」「子宝」を。そして、道半ばにして命を落としてしまった神は「道中安全」を。但しこれらは、長い間に変遷してしまった部分もあるので百パーセント必ずというわけではないが、基本はそういうことだ……。

「ちなみに」と火地はつけ加える。「五色不動の『色』という文字じゃが、これはもともと『前にかがんだ女性の上に、男性が重なっている姿』を表しておる。つまり、これもまた性交じゃ」

「ええっ」

「それに先ほどの不動――『火処』じゃが、もちろん隠語では女陰を指す言葉じゃ。全てが綺麗に繋がる」

「不動……火処……色」

「そして『色街』は、遊郭のことだしのう」

火地は煙草を、吸い殻が山のようになっている灰皿の隅に押しつけて消した。

「遊郭といえば、吉原や歌舞伎が移転してきた聖天《しょうでん》町にある、待乳《まっち》山《やま》聖天を知っておるか」

はい、と陽一は首肯した。

「今は、恋愛成就のパワースポットになっていて、毎日のように大勢の女性が参拝しているそうです――」

「しかし」と火地は苦笑する。「江戸の川柳では、

聖天は娘の拝む神でなし
吉原の本地はまこと待乳山

と詠まれておる」

「……ということは？」

「この寺院は現在、浅草寺の子院の一つじゃが、江戸時代中期には、境内二千七百八十二坪もあり、聖天の祀られておる小山は海から一目で見つけることができたとい

う。今からおよそ三百五十年前、寛文までは『当山の森、沖より入津の船の目当てなりという』といわれ、歌川広重の絵にも描かれているように、極めて風景の良かった場所じゃった。それが江戸時代に全て削られてしまった」

「その土を、市中の埋め立てに使ったんですね」

「それもある。しかし、奈良県五條《ごじょう》市と和歌山県橋本市の境の、大和街道にある平坦な丘を『真土山《まつちやま》』『待乳山』と呼び、この地で空海が秘伝の膏薬を作ったという伝説もあるように、ここから『砂鉄』や『水銀』が採れたんじゃろう」

「やはりここも、製鉄民の土地だったということですか」

「そういうことじゃ。ちなみに、奈良の『真土山』は一般庶民の立ち入りを、固く禁じていた」

「じゃあ、やはりそういうことですね。朝廷の厳しい管理下に置いたんだ」

「そして、おそらく浅草の待乳山も、産出したと思われる砂鉄や水銀を奪われたんじゃろうな。そして、吉原に関係する人々を供養する寺院の一つとなった。というのも、浄閑寺と並ぶ『投げ込み寺』が、このすぐ近くにあったからじゃ」

「遊女の投げ込み寺が、もう一つ！」

そうだ、と火地は頷いた。

「今はもうなくなってしまっておるが、道哲《どうてつ》和尚という僧が開基した、西方《さいほう》寺という寺じゃ。猿若町の近く、吉原を挟んでちょうど浄閑寺と対称の場所にあった。しかもこの寺の近くには浅草刑場もあったから、その遺体も運ばれていた。道哲はそれらを、何の区別することもなく一つ一つ丁寧に供養し、埋葬したという。現在、その西方寺は豊島区・西巣鴨に移っており、道哲の人間性を慕っていた吉原の伝説的な花魁・高尾《たかお》太夫の墓もある。機会があれば、あんたらもお参りするが良い。きっと、太夫も喜ぶ」

「巣鴨！」陽一は思わず叫んだ。「目赤不動と、六地蔵の真性寺。そしてまた、八百屋お七の墓や供養の地蔵尊がある土地じゃないですかっ」

「ちなみにその近くには、明暦の大火の火元といわれとる、本妙寺もあるしな」

「それは……」

と絶句する陽一に向かって、

「とにかく」と、火地は続ける。「今は、待乳山聖天じゃ」

「は、はい。そうですね。どうして、江戸時代に待乳山聖天が『娘の拝む寺でなし』といわれたのか……」

「待乳山聖天の本尊は、歓喜《かんぎ》天。男女が抱き合っている像じゃ。しかし、もちろんそれだけのことで娘が拝むなといわれたわけではない。ここの寺紋は二股大根を組み合わせた『違い大根』と『巾着』なのじゃ」

「二股大根と巾着……。それが？」

「鈍いのう」と火地は顔をしかめる。「もちろん一般的には、

『大根は、白く清浄で健康。巾着は、商売繁盛』

『違い大根は夫婦和合・子孫繁栄』

　つまり、大根は人間の深い迷いの心、瞋《いかり》の毒を表すといわれており、大根を供えることによって聖天がこの体の毒を洗い清めてくれる。巾着は財宝で、商売繁盛を表し、聖天の信仰の御利益の大きいことを示すのだと言う。しかし虚心坦懐《きょしんたんかい》にそれらを見れば、組み合わさった二股大根は『男女の性交』であり、巾着は『女陰』であることは明らかじゃ」

「えっ」

「しかも吉原の、一ヵ月に何時間かだけ外に出ることを許されていた花魁は、その際必ずこの寺に参拝したというし、実際に彼女たちが奉納した石碑もある。となれば、この寺の山門をくぐってすぐ左手にある『歓喜地蔵尊』――いわゆる、子育《こそだて》地蔵尊も、彼女たちと無関係とは思われんな。そもそも『待乳山』という名前が、悲しく哀れではないか」

「ああ……」

「そんな『悪所』に関して」と火地は言って煙草に手を伸ばした。

「沢史生《さわしせい》は、こう言っとる。『いずれも王権の侵略に遭い、逐われ逐われて（中略）住みづらい原野に居を求め、息をひそめ、肩を寄せ合い（中略）何とか生きようとしたところである。その遠い歴史を伝える鎮魂の地なのである』――とな」

「まさに……そういうことです」

「ところで、さっきの歌舞伎だが、あんたはこんなセリフを知っておるか。『曾我綉《そがもよう》侠御所染《たてしのごしよぞめ》』の中で主人公の、御所の五郎蔵《ごろぞう》が相手に向かって言う、捨て台詞《ぜりふ》じゃ。『晦日《みそか》に月の出る廓《さと》も、闇があるから覚えていろ』」

「何となく……聞いたことがあります。でも、晦日に月が出る廓、というのは、もちろん吉原のことですよね」

陽一は、巳雨に説明した言葉を頭の中で反芻《はんすう》しながら尋ねた。

「そうじゃ」と火地は頷く。「松尾芭蕉第一の門弟だった宝井其角《たからいきかく》も、

　闇の夜は吉原ばかり月夜かな

と詠んでおる。だがこのセリフを耳にすると、そんな明るい吉原や華やかな歌舞伎の世界にも人知れぬ深い闇があるのだという、彼らの心の叫びだったのではないかと

感じられないか。いや、これはわしの勝手な思い込みかも知れんがの」

「あ……」

陽一は言葉もなかった。

ずっと東京——江戸に住んでいたのに、殆ど何も知らなかったに等しいではないか。まさに、明るい光ばかりに目を取られて、深い闇に気づかなかった。

いや、気づいてはいたが、そこまで深遠だとは思いもよらなかった。江戸の町は、奈落のような底知れぬ闇を抱えて、今も同じ場所に存在しているのだ。

陽一は、都内の至る所に印がついている地図に目を落とす。

だがその印は、都内ほぼ全域にわたっているではないか。これらの場所が、当時の幕府によって「悪所」と呼ばれ、少しずつ外へ外へと追いやられて行ったわけだ。

現在の日本橋から始まって、赤坂、四谷、市ヶ谷、神楽坂、新橋、品川——もとは、全てが「悪所」だった。つまり、江戸城以外のあらゆる場所が「悪所」だ。そこには「人」とは呼ばれない人間たち——間違いないほど高い確率で陽一たちの祖先——が必死に生きていたのだ。

樋口一葉は、吉原の近くで暮らしていた遊女や遊女上がりの老女たちと接することで、それまでプライドばかり高かった自分も、彼女たちと同じ人間だったと気づき、そこで目が覚めたという。そして、例の「奇跡の十四ヵ月」が始まった。

そう。

誰もが鬼や河童や妖怪だった。「人」ではない彼ら、いや、我々一人一人が命懸けで造り上げた都。

それが江戸、東京だったのだ。

陽一が複雑な思いで地図を眺めていると火地が、

「こんなところが」と言ってマッチを擦り、ショートピースに火を点けた。「わしがあんたに教えられる限界じゃ」

あっ、と陽一は我に返る。

「ありがとうございました！」

「もちろん、五色不動を壊そうとしている奴らの考えなど毛頭分からんし、あとは、あんたらがどう考えるか、それだけじゃな」

「心から感謝します！」

陽一は深々と一礼すると、席を立った。

「また何かありましたら、よろしくお願いしますっ」

「もうお断りじゃわい」

火地は、くわえ煙草のまま、万年筆を取って原稿に向かった。そして、早く行けというように手を振る。陽一が、ドアの向こうでずっと見守っていてくれた伶子に頭を下げると、伶子も無言のまま微笑み返してくれた。

一応、今までの会話は彩音に送ってあるが、とにかく目黒に急がなければ。陽一は、大急ぎで猫柳珈琲店を飛び出した。

＊

死後の十三仏というものがある。

これは主に真言密教での決まり事であり慣習でもあるのだが、人が亡くなって初七日から三十三回忌までの期間で、その死者を庇護し、あるいは裁く役目を担っている如来・菩薩・明王たちのことだ。初七日、二七日《ふたなのか》、三七日《みなのか》とそれぞれの仏が決まっており、五七日《いつなのか》は地蔵菩薩、四十九日は薬師如来と、それぞれ割り当てられている。

そして今、初七日を迎えようとしている摩季を冥界へと導く役割を担っているのは
——不動明王。

彼は、手にしている剣で死者の現世への未練を断ち切り、再び戻れぬように羂索で全身を縛って、冥界へと連れて行くという。そして二七日の釈迦如来、三七日の文殊菩薩、四七日《よなのか》の普賢《ふげん》菩薩と、また一段また一段と、強く向こうの世界に導かれて行ってしまう。

了は、一人静かに瞑目していた。

あの時も、そうではなかったか。

八年前。

了たちの父、歴史作家の敬二郎《けいじろう》と、母・菊奈《きくな》が、天橋立の事故で死亡したという知らせが入った時、了はまだ大学院生だった。

ツアーで出かけた旅行先で観光バスごと海に転落し、乗っていた全員が死亡したのだと言われた。事故の原因は、丹後半島を巡っていた際の、バスの運転手の突発性心不全死――。

その悲報を受けた了が、まだ高校生だった彩音や幼い巳雨と共に、すぐに現実を受け入れることができず途方に暮れていたそんな時、福来陽一が了の家を訪ねて来た。

陽一はその時二十一歳。歴史作家志望の大学生で、当時著名だった敬二郎の著作を何冊も読んでいると言った。また自分の両親も、敬二郎たちと同じツアーで死亡したと。そんな自己紹介を終えると、突然声をひそめ、

「あの事件に関して、何かお聞きになりましたか？」

と尋ねてきた。了が「いいや」と首を横に振ると、陽一は信じ難いことを口にした。今回の天橋立の件は、単なる事故ではなく、もしかすると計画された殺人だったのではないか――と。

そんなバカな、と了は否定したが、陽一は声を落としたまま続けた。実は、あの天橋立ツアーは、日本の歴史に関わる何かを調べるために企画されており、参加者も特別に選ばれた人々ばかりだったのだという。ガイド役は有名な歴史家で、参加者募集はどういう基準の人選かは分からないが、ＤＭ《ダイレクト・メール》による連絡で、しかも抽選だった。だから、ひょっとするとその計画自体が罠だった可能性もある、と陽一は言った。ガイド役の歴史家も含めて、日本の歴史に関わっていた人たちが、一斉に死亡してしまったのだから。

なぜそんなことを！　と尋ねる了に陽一は答える。

おそらく、その辺りの話に触れて欲しくない人々がいたのではないか、と。日本の歴史の暗部をさらけ出されては困る人々が。

「し、しかし、だからといって殺人まで！　それに、地元の警察は完全に事故だと結論づけていたし、全てのマスコミも同じように報道していた」

「今現在も、ぼくらの知っている以上に、多くの人たちが不審な死を遂げています。そして大抵は、今回のように交通事故や自殺として発表されます」

と、陽一は言った。

「特に辻曲敬二郎さんは、日本の裏の歴史をテーマに作品を書かれておられましたから、きっと誰かに目をつけられていたんでしょう。ぼくの父は、辻曲さんとは少し違いましたが、やはり日本の暗黒史を調べていました。その影響でぼくも日本史を学び、辻曲さんの著作を、何冊も読ませていただいたんですが」

この男の言葉は、本当なのか？

陽一を信用できるだろうか。

確かに敬二郎たちは出発前、とても楽しそうに言った。

「今回はきっと、了がびっくりするようなお土産を持って帰れると思うよ」と。そこで了も、それは何？　と尋ねたが敬二郎は、「無事に帰ってからのお楽しみだ」と笑うだけだった。そして結局――遺体となって戻って来た。

了は、戸惑った。

しかしこう見る限り陽一は、どう見ても嘘を言っていたり、欺そうとしていたりしている雰囲気はなかった。それに、そもそもここで、冗談を言う理由がない。

だが、どうして陽一はそんなことを知ったのか。それを尋ねると陽一は、それまで彼なりに調べてきた事実を了に伝えた。了は、いちいちその話に納得しながら聞く。

しかし……。

それは納得できるとしても、事件が明らかに「殺人事件」だったという証拠がない。しかも、そんなことを計画するような犯人の想像もつかない。それに、陽一の話だけからここで何をどうすれば良いというのだろうか。事件に切り込むための鍵が何一つない。

そんな話をすると、

「一つだけあります」と陽一は声をひそめた。「目黒不動です」

「目黒不動？」了は顔をしかめた。「目黒不動が何だというんだ」

「分かりません」陽一は力なく首を振った。「でも、両親が生前、そんな話をしていたのを耳にしました」

確かに、と了は言う。

「目黒不動は、凄い力を秘めている。しかもその本質は、余り人の訪れない本堂の裏手にあると、父から聞いたことがあるよ」

「やはり、そうなんですね！」陽一は顔を明るくした。「何があるんですか」

そこで了は、生前に敬二郎が話していたことを陽一に伝えた。本堂裏手には大日如来がいて、四天王がいて、それらに封印されるように地主神がいる——。

そんな話を伝えると、

「行きましょう」と陽一は身を乗り出した。「いえ、ぼく一人でも行ってみます」

だが、それは了にとっても望むところだった。そこでその日から了は陽一と二人、あるいはそれぞれで目黒不動に何度も足を運んだ。といっても了は、両親の葬儀や法要、そして自分自身の進路のこともあり、そう頻繁に出かけるわけにも行かなかったが、寝る間を惜しむようにして目黒不動に行っては、さまざまな情報を仕入れた。

だが、これといって天橋立の事件に関係するような事実や物証を手に入れることはできなかった。しかし、実際にそうして足を運んでみると、あの場所は本物の霊場であり、また「蘇り」の力を備えている場だと感じた。

そこで了は、ふと思いついた。

今すぐ両親二人を蘇らせるのは不可能だとしても、彼らの霊魂とコンタクトを取ることができないものだろうか。敬二郎や菊奈も、おそらく何とかして了とコンタクトしたいと思っているはずだ。その証拠に、昨日も今日も、風が吹き込んだわけでもないのに家の中の小さな家具が倒れ、テレビやパソコンの画面が何度も乱れた。昨夜などは、取り替えたばかりの電灯が、点灯消灯を繰り返した。

これは、明らかに霊障だ。了より遥かに霊感の強い妹の彩音も、そう断言していた。両親の霊魂が家に戻り、了たちに何かを訴えかけているのだ。

そこで了は、毎晩のように目黒不動に出かけては本堂裏手に回って延々と祈った。

そんなある夜のこと。

了がいつも通りに目黒不動に向かおうとしていると、携帯に陽一から連絡が入った。ついに、あの事故に関しての手がかりをつかんだのだという。やはり、目黒不動にあったらしい。

「ぼくも今から向かうので、目黒不動まで来ていただけますか」

陽一の声は弾んでいた。そこで了は「もちろん」と答え、急いで現場に向かった。するともう少しで到着しようかという所、山門前の暗がりの中で一人の警官がかがみこみ、何かを調べていた。更に目をこらして見れば、彼の足元の地面に誰かが倒れている。

了の胸は、不吉な予感にドクンと跳ねた。

そこで、恐る恐る近づくと――。

横倒しに地面に倒れていたのは、間違いなく陽一だった。しかも、口の端から血を流している。驚いて立ち止まった了を認めた警官が、険しい表情で手招きした。震える膝頭を何とか押さえながら近づいて行くと、「あなたは？」と尋ねられて、職務質問が始まった。

了は、ピクリとも動かない陽一を眺めながら、半分上の空で適当な受け答えをする。それが益々不信感を強めたのだろう、警官は「絶対にここを動かないように」ときつく命令すると、無線で救急車と応援を呼んだ。

了の背中は、冷や汗でびっしょりだった。

一体何があったのだろうか。

ひょっとして、陽一は死んでいるのか？

もしもここで陽一が何者かに狙われ、そして殺害されたのだとすれば、その犯人はまだ近くに潜んでいるのではないか。あの、暗がりに身を隠して様子を窺っているのではないか……。

そんなことを考えて思わず走り出しそうになった時、遠くから救急車とパトカーのサイレンが聞こえてきた。そして警官が了に背中を向けて、そちらに歩いて行った時、実に驚くべき事が起こった。

陽一の体が、少しずつ消え始めたのだ。

了は、何事かと目をこする。自分の視力がおかしくなったのか。しかし、目を大きく見開いても状況は同じだった。徐々に徐々に、陽一が消え始めているではないか！

了は声を上げて警官を呼ぼうと思ったが、ふと思い留まった。

もしかして、これが人から魔界への転生？

自分は、その瞬間に立ち合っているのか。

了は、その場で身じろぎもせず——というより、立ち竦んだまま眉一つ動かせず——その状況を穴の開くほど見つめていた。

やがてすぐに、パトカーから降りてきた刑事や、救急隊員を先導して、先ほどの警官が大股で戻って来た。だがその時点で、陽一の体は半分以上透明になっていた。

「こちらです」

と言って警官は地面を見下ろしたが、息を呑んで辺りを見回す。そして了に向かって怒鳴った。

「ここに倒れていた男の遺体はっ。どこにやった！」

えっ。

見えないのか……？

訝しむ了の周りで、刑事や救急隊員、そしてチラホラと集まって来た野次馬たちがキョロキョロと周囲を見回した。

彼らには、陽一の姿が全く見えていないらしい。

するとその時、突然陽一がユラリと立ち上がった。了は思わず「あっ」と声を上げそうになったが、これも危ういところで抑えた。そして陽一は、ざわめく警官たちから離れると、何かに導かれるようにしてフラフラと目黒不動の山門に向かって歩いて行く。

その後ろ姿を見送っていた了に、警官が詰め寄る。そして、今まで陽一が倒れていた地面を、ドン、と足で踏みつけた。

「今、ここに倒れていた男はっ。あの遺体をどうした！」

しかし了は、

「い、いいいえ……」震える声で答える。「ぼくは、何も……」

「何だと」警官は更に詰め寄る。「たった今、一緒に確認しただろうが」

ぼくは、と了は一度深呼吸すると刑事たちを見た。

「通りがかっただけで……何も見ていません。あなたの勘違いではないですか？」

「そんな大きな勘違いなどするかっ」

「でも……もしも、そんな誰かが倒れていたら、ぼくだって気がつきます」

「嘘を吐くなっ。どこへ動かしたっ」

「動かすも何も」了は段々と冷静になってくる。「男の遺体なんて、そんな重そうな物、一人ではどうしようもありません」

「誰か仲間でも来たのかっ」

「いいえ」と答えて、了は近くにいた野次馬の一人を見た。「誰も来ていません」

すると、その野次馬の一人が、

「すんごいサイレン音だったもんで、ちょっくら見に来たんだが、ずっと、この若者一人だったよ。何があったんだね」

そう証言してくれた。やはり、足元の暗がりで姿を消してゆく陽一の体は、目に入らなかったらしい。

了たちがそんなやり取りを交わしている間に、ボンヤリとした陽一の姿は、完全に山門の向こうに吸い込まれた。地面を見れば、先ほどわずかに残っていた陽一の血も、跡形もなく消えてしまっていた。

その後、四角い顔の頑固そうな刑事——華岡も含めてのやり取りがあったが、とにかく警官が現場を離れたのは数十秒。その間には、近所の住民も数人集まって来たのだから、遺体をどこかに運ぶことなど全く不可能だ、という結論に達した。了も、全く知らないの一点張りで通したため、警官の見間違いだったのだろうということになり、念のために了の連絡先だけ確認すると、警官たちは渋々引き上げて行った。

翌日。

了は陽一を捜しに、再び目黒不動まで足を運んだ。だが、陽一らしき痕跡一つ見つけることはできなかった。おそらく陽一は、ある種の妖怪になってしまったに違いない。一般的には、人から妖怪への変化《へんげ》は数日、または数年かかるといわれているが、ここ目黒不動の不動明王、あるいは本堂裏手の神の力が働いたのか、あっという間の変化だった。そういえば、妹の彩音が、しばしば口にしていたではないか。能や歌舞伎でいわれるまでもなく、古今東西そういった「あやかし」のモノたちが日本全国を闊歩しているのだと。

了は彩音や巳雨ほどには、そういった霊力を備えていないので、こんな光景を目にしたのは初めてのことだった。

そして数ヵ月後——。

了が、さまざまな煩わしい手続きを終わらせ、大学院も中退する決意を固めた頃、陽一がフラリと辻曲家にやって来たのだ。それを最初に発見したのは、巳雨だった。

しかし了が話をしてみると、陽一は生前の細かい記憶——特に、自分自身の生活に関する記憶を、すっかりなくしてしまっているようだった。学んできた知識に関してはきちんと残っていたが、実生活の記憶は全くといって良いほど消えていた。

了は、ふと考えた。

どうしようか。

陽一に、過去の事実を伝えるべきかどうか、しばし悩んだ。

だが、いつかその時が来るまで告げずにいようと決めた。伝えることは、いつでもできる。一番良いと思えるタイミングで話せば良いのだ。陽一自身も、この転生をどう受け止めているか分からない、そんな時期に、余分な話をしては可哀想だ。そう結論を出した。

特に、摩季は陽一の実の妹で、両親が死亡し、陽一が行方不明になった後、辻曲家に養女として入ったなどということは……。

6

目黒不動尊。

正式名称は、天台宗泰叡山瀧泉寺《たいえいざんりゅうせんじ》。千葉の成田山新勝寺、熊本の雁回山長寿寺《がんかいざんちょうじゅ》と共に「日本三大不動」の一つとされている。

大同《だいどう》三年（八〇八）、慈覚大師・円仁によって開基された関東最古の不動霊場で、本尊は円仁の手による不動明王像。円仁がこの地に立ち寄った時、夢の中に現れた不動明王をそのまま彫刻したというその秘仏は、十二年に一度、酉年に開帳される。

元和元年（一六一五）、火災によって本堂を焼失。やがて徳川三代将軍・家光が、この地で鷹狩りを催した際に、鷹が行方知れずになってしまったため、家光自ら不動尊の前に額《ぬか》ずいて祈願した。すると忽《たちま》ち本堂前の松に鷹が舞い戻って来た。そこで家光はその威光を尊崇して、五十三棟にも及ぶ『目黒御殿』と称されるほど華麗な大伽藍を寄進し、見事に復興が成し遂げられた——。

彩音は赤信号を利用して、巳雨が開いているパソコンを覗き込み「目黒不動尊縁起」に、ザッと目を通した。陽一が途中下車したので、巳雨が助手席に座って彩音の助手を務めてくれている。

パソコン画面には、目黒不動の境内案内図も映し出されていた。どれほどの広さを持っているのだろうか。四十以上の如来・菩薩・明王・お堂・塚などが記されていた。何と境内に、渋谷駅や五反田駅行きのバス停さえある。

仁王門の手前には、伏見稲荷社と、例の白井権八・小紫の「比翼塚」があり、左手には豊川稲荷や、江戸最古の「山手七福神巡り」の恵比寿・大黒・弁財天などを祀った社がある。仁王門をくぐれば、右手には阿弥陀堂や、家光の鷹が戻ったという「鷹《たか》居《すえ》の松」が。左斜め前には、円仁が所持していた独鈷《とっこ》を投じた地から湧きだし、それ以来一千年以上も涸れたことのないという「独鈷の瀧」と、水かけ不動尊や龍王があり、それらを囲むように北一輝《きたいっき》や本居長世《もとおりながよ》などの碑が立ち、正面の長い石段の先には、鬱蒼と茂る木々の向こうに大本堂の屋根が見える。

「男坂」と呼ばれるその石段を迂回して本堂に至る「女坂」の途中には、役小角《えんのおづぬ》の像もある。涸れない水と役小角の取り合わせといえば、やはりここは製鉄に関与していた場所なのだろうと思われた。

しかし、それでもまだ、境内の三分の二ほど。その先が不動明王を祀る大本堂であり、その本堂脇には愛染明王、虚空蔵《こくうぞう》菩薩、普賢菩薩、八大童子など、多くの仏尊が祀られている。この場所を、彼らは狙っているのだ。おそらく既に大本堂周辺は警察が固めていてくれるはずだが、これだけ広大な場所では、完全包囲というわけにもいかないだろう。何しろ、その本堂の裏手にも奥の院があり、不動明王の本地仏とされる大きな大日如来像が、東西南北を護る四天王たちに囲まれて鎮座している。

一刻も早く到着して、祈りを捧げなければ。

先ほどからの陽一の連絡——火地の話が真実だとするならば、あの不動堂は鎮魂の場。もっと強く、魂鎮《たましず》めをしなければならない。彩音と巳雨の二人だけで、それを執り行えるだろうか。

いや。とにかく、できるところまで行う。

しかし面倒なことに、おそらく磯笛たちもやって来ているはず。またしても、彼女と対決しなくてはならない。だが……もしも、そこに高村皇が姿を現したら、どうする？　彩音たちだけの力では、とても対抗できない。

それを考えると、彩音の胸は鉛を呑み込んだように重くなる。

だが、ここまできたら退くことはできない。諦めることは、東京の「地鎮」の結界が壊れ、何十万という亡霊たちが地上に姿を現すことになるのだ。それだけは、どうしても避けなければ。

それに磯笛は、摩季の復活にかかわる十種の神宝の一つ「道反玉《ちがえしの》」を持っているのだ。何とかして、それも手に入れたい。そのためにも！

するとその時、ラジオから臨時ニュースが流れた。アナウンサーは、緊迫した声で告げる。

「ニュースをお伝えします。つい先ほど、東京・目黒の瀧泉寺、通称目黒不動尊で火災が発生しました。火は本堂を含むその周辺に燃え広がっています。今のところ、この火災による死傷者は出ていないようですが、警視庁では、これも昨夜から続いて起こっている一連の放火事件と見て、捜査を開始しており――」

「なんということ」彩音は唇を嚙んだ。「食い止められなかったのね」

「お姉ちゃんっ」巳雨が左手前方を指差した。「あそこ！　凄い煙だよっ」

「ニャンゴ！」

彩音がそちらに目をやれば、空に立ち昇る大量の黒煙が見えた。目黒不動尊の方角だ。近づくにつれて、消防車と救急車のサイレンが、けたたましく響いてきた。

「急ぎましょう」

彩音は、アクセルを強く踏み込んだ。

＊

華岡と久野は、一般車両立ち入り禁止の駐車場に車を停めると、勢い良く境内に飛び出した。二人を待ち構えていた警官に、現在の状況を確認する。その話によれば、すでに消防車と救急車が数台、本堂裏手に回って消火活動と救助活動を開始しているとのことだった。

「火元は？」

尋ねる華岡に、警官は直立不動で答える。

「本堂裏手のようですっ。現在、必死に消火活動に努めておりますが、突如、強い風が出てきたために、かなり手こずっているとのことでしたっ」

「出火原因は、やはり放火か？」

「まだそこまでは判明しておりませんが、おそらくは」

「被害者は？」

「今のところ、報告はありませんっ」

「それは不幸中の幸いだ。ここからも、その現場に近づけるか？」

「石段の辺りまでならば大丈夫かと思いますが、何しろ風が強くなってきておりますので、お気をつけくださいっ」

「分かった」

華岡は答えると、心配そうに見送る警官を残して、久野と二人で境内を走った。

＊

バチバチと木の爆《は》ぜる音が辺りに響き渡り、空を黒煙が覆っていた。消防車のサイレンが次々に途切れることなく聞こえてくるのは、想像以上の火災に発展している証拠だろう。本堂裏手では、防火服に身を包んだ消防士たちが必死に放水しているが、風向きが何度も変わって苦戦していた。

すみれたちの頭上にも、時折火の粉が飛んでくる。このままでは、実家まで延焼してしまうかも知れない！

母や、ますみに知らせなければ。

すみれは、震える手で携帯を取り出した。そして画面の電話帳を開こうとした時、南がいきなりすみれの腕をつかんだ。

えっ、と驚くすみれから、南は無理矢理に携帯を取り上げる。そして、不動公園の茂みに向かって放り投げてしまった。公園の暗い木立の間に吸い込まれるように姿を消した携帯を、そして南の顔を見て、

「ちょ、ちょっと、南ちゃん！」すみれは叫ぶ。「何をするのっ」

南は、錯乱してしまったのだろうか。だが、今はそれよりも携帯を。そう思って、

すみれは公園に走る。草むらを掻き分けて携帯を捜していると、目の前に立つ南のスカートが見えた。

驚いて顔を上げるすみれを、南は冷ややかに見下ろす。

「あなたに、そんな物は必要ないんです」

「急に何を言ってるのっ」

「もうすぐ死ぬ人間に、携帯なんて必要ないって言ったの」

「死ぬ？」

怪訝な顔を見せたすみれの首に、南は何かを絡ませた。

ぐっ、と息が詰まる。首に手を触れてみれば、ロープのような物だった。すみれはそのまま引きずられるようにして、仰向けに草むらの中に倒された。

「すみれさん、ごめんなさい」

南は、すみれの体の上に馬乗りになる。そして黒く流れて来る煙と、風に乗ってハラハラと散る火の粉をバックに、悲しそうに言った。

「黙って死んでいただいても良かったんですけど、ますみの友人として、私も可愛がってもらったし、最後にご説明するのが、せめてものお礼かと」

何を言っているの？

どうしてあなたが！

叫ぼうとしたが、声は出ない。ただ、頭が物凄い勢いで充血していくのを感じるだけだった。

「ここでどうしても、すみれさんの命が必要なんです。大きな生け贄として」

生け贄？

「これで、私の役目は終わります。明日からは、普通の女子高生」

南はロープを持つ手に力を込めると、すみれを見て微笑んだ。

「最後にすみれさんの命をいただけて、本当に嬉しいです。ここまで苦労した甲斐がありました」

意味が分からない！

狂ってしまったのか。

いや。それにしては、やけに冷静だ。こんな状況なのに、汗一つかいていないし、手も震えていない。

「さようなら」

その言葉に、すみれは激しく抵抗する。しかし、段々と手足が冷たくなってきた。

視界も徐々に霞み始める。

ああ。私は死ぬんだ。

せっかく助けてもらった命なのに……。

助けてもらった？

一体、誰に。

もちろん、あの男。江戸中を呑み込んだ猛火の中、すみれの命を救ってくれた男。

藤五郎《とうごろう》さん。

懐かしい。

もう一度会いたかった……。

えっ。

自分は何を言っているのだ。

すみれの頭は混乱――いや、もう混濁していた。

でも、もうすぐ死ぬのだから、それも仕方ないではないか。こうやって、意識もどんどん遠のいて……。

するると突然、

「ぎゃっ」

叫ぶ南の声に、すみれはハッと我に返る。

同時に喉元の圧迫感が緩んで、胸に空気がなだれ込んできた。とても焦げ臭く、酸素の含有量も少ない空気だったが、すみれは大きく深呼吸する。

酷くむせた。涙が止めどなく溢れてくる。

死ぬほど不味《まず》い空気だ。でも、空気には違いない。

しかし――。

一体、何が起こったんだろう。

そう思って目をこすれば、すみれの傍らで南の体が燃えていた！

「助けてっ」

大声で叫びながら、南は転げ回っていた。突然風向きを変えた強風にあおられて飛んできた何かが、南の背中に燃え移ったらしい。彼女は、すみれの首を絞めることに集中していて、全く気がつかなかったのだ。

「南ちゃんっ」

すみれは駆け寄り、上着を脱がそうとしたが、とても無理だった。

「助けて！　お願いっ」

「誰かっ」

すみれは泣き叫んで辺りを見回したが、誰一人二人の近くにはおらず、どこにも水らしき物も見当たらない。そこで、

「今、助けてもらうからね！」

南に向かって叫ぶと、すみれは救助隊員を呼びに駆け出そうとしたが、足がもつれてうまく走れない。その間にも南の体は炎に包まれて、地面に転がっている。

「早く、行かなくちゃ――」

すみれは、よろけながら小走りに消防車に向かう。

その時、すみれの目の前に、一人の男が立ちはだかった。

「あの！」すみれは、男に向かって懇願する。「彼女を、助けてあげてくださいっ」

しかし男は冷たい表情ですみれを、そして黒焦げになっている南を、じっと見つめるだけだった。

＊

火災は想像以上に大きく、道は大渋滞だったため、彩音たちは離れた場所に車を停めざるを得なくなってしまった。

車を降りて、グリを抱えた彩音と巳雨は、全員で目黒不動尊を目指して走る。表通りは、警察や消防によって所々封鎖されていると思われたので裏道を選んで走ったが、こちらもまた避難する人々や野次馬で大混雑だった。

それでも立派な仁王門が見える場所までたどり着いた時、新宿から駆けつけた陽一と、何とか合流することができた。全員で話を交わしながら先を急いだが、やはりどことなく陽一の様子がおかしい。

「どーしたの、陽ちゃん？」巳雨も心配そうに尋ねる。「やっぱり、調子悪いの」

「いや、そんなことはないよ」陽一は苦笑した。「火地さんの所で、散々叱られてきたからね」

と言い訳したものの、そんなことが理由ではないのは一目瞭然だ。

「それに今は」陽一は、黒煙を上げている目黒不動尊を見る。「それどころじゃな
い。ぼくのことは、後回し」

彩音たちは人混みを掻き分けるようにして、仁王門まで近づいたが、そこから先は
立ち入り禁止になっていた。境内を通り抜けるバス路線も閉鎖されており、仁王門前
の伏見稲荷の社と、権八・小紫の比翼塚の前までしか行くことができない。
「どうしましょう！」彩音は陽一を見る。「こんなに遠くからじゃ、何もできないわ」
「直接、裏手へ回りましょう」
「火元に？　間違いなく警官だらけよ。途中で追い返されるわ」
「裏手へ抜ける細い道がいくつかありますから、何とかなりますよ。というより、残
っている方法はそれしかありません」
「分かった」彩音は、意を決したように大きく頷いた。「じゃあ、早く」
そういうと、比翼塚の前で手を合わせて拝んでいた巳雨を急かせて、再び全員で人
混みを分けて走り出す。

人に触れないように走りながら、陽一は言う。

「前にも言いましたけど、ここ目黒不動尊の本質は、本堂裏にあるんです」

「大日如来ということ？」

「違います。その大日如来の更に裏手です。参拝者の殆ど行かない、奥の院の奥山。大行事権現。目黒不動の地主神です」

「地主神？」

はい、と陽一は答える。

「その神こそが、もともとこの地で産出された鉄を制していたんでしょう。製鉄の神でもある大山咋命《おおやまくいのみこと》と、関係が深い神といわれていますから。しかし、後からやって来た円仁たちに全てを奪われて、本堂裏手の奥の奥に『祀り上げられ』てしまったものと考えられます。そして、四方を四天王たちに固く取り囲まれ、目の前には大きな大日如来像が据えられています。しかも更にその先には、不動明王を擁《よう》する大本堂が建っている」

「何重にも封じられているということね」

「はい。ですから彼らも、それを承知で本堂裏手を狙ったんだと思います。少しでも大きな怨霊を、目覚めさせる。きっとその地主神は、とても強い力を持って——」

陽一の言葉が止まった。

「どうしたの？」

「い、いえ……何でもありません」

心配そうに覗き込む彩音から目を逸らせて、陽一は頭の中で自問自答した。

この話は、どこで聞いた？

そうだ。ここ、目黒不動尊で教えてもらったのだ。

誰から？

もちろん、辻曲了から。

でも、それは一体いつのことだったか——。

*

「あなたは……」すみれは、男を見た。「誰？」

「誰でも構わない」

男は冷ややかに言い放つ。

「知ったところで、どうせおまえは死ぬのだから」

「何なのよ！」すみれは、キレた。両手に拳を握って、ヒステリックに叫ぶ。「南ちゃんもそう言った。でも、どうして私が死ななくちゃならないの。私が一体何をしたって言うの！」

だが、男は冷静に答えた。

「おまえは、記憶を持っている」

「はあ？　誰だって、多かれ少なかれ記憶力くらいあるわよ。あなただって、持ってるでしょう！」

「おまえの持っているのは、ただの記憶ではない。江戸の記憶だ」

「江戸……」

一瞬、言葉に詰まったすみれに男は言った。

「最期だ。五分だけ話をしてやろう」

「そんなことより！」とすみれは訴える。「南ちゃんを、どうにかしてよっ」

「残念だが、もう無理だ」男は南を見た。「死んだ」

「えっ」

すみれは、ハッと南を見た。確かに先ほどから、地面に横たわったままピクリとも動いていない。

「だからといって、このままじゃ！」

「まず、俺の話を聞け。そうしたら」男はニヤリと笑った。「その次に、おまえの望むようにしてやろう」

「あなたの言葉なんて、信じられないわ」

「約束する」

「…………」

男の言葉は、どうせ嘘に決まっている。しかしここで何と答えようとも、きっと言う通りにさせられる。それならば、言うことを聞いたフリをして、隙を見て逃げ出す方が良いか。

「分かった」すみれは上目遣いで頷いた。「話して」

その言葉を受けて、

「大抵の人間は」と男は言う。「前世の記憶の大部分を削ぎ落として生まれ変わる。しかしその中には非常に稀に前世の出来事が脳から完全に消し去られないまま生まれてきてしまう人間がいる。チベットのリンポチェも、そうかも知れない」

「前世の記憶……」

「我々のDNAは、何億年という時を紡いで現在に至っている。しかし科学者たちは、何を根拠にしているのか、DNAには前世の記憶は残っていないと主張する。全くもってバカな話だ」

「そう……なのね」

「同じタンパク質を受け継いでいるんだ。そこに、前世の記憶が情報として刻まれていないと考える方がおかしくはないか。実際に我々は、誰もが前世の記憶を持っている。ただ、思い出せないだけだ。記憶の収納庫から、引っ張り出せないだけなのだ。しかし、ほんの一握りの人間だけは、その記憶を引っ張り出す――蘇らせることができ、たとえば夢の中で思い出す」

「え……」

「しかしそれも、殆どの人間は単なる夢だと考えて、すぐに忘れ去ってしまう。だが、中にはやっかいなことに、過去の体験同様、記憶として留めてしまう人間がいる。それが――」

男は、すみれをじろりと睨んだ。

「おまえだ」

「私……？」

「江戸五色不動を燃やし、その劫火によって、地下に眠っている怨霊たちを呼び覚まそうという我々の計画が、おまえの脳に刺激を与え、眠っていた前世の記憶を蘇らせてしまったらしいな。まあ、当然と言えば当然のことだが」

「どういうこと！」

「問いには答えない」男は続けた。「おまえは、明暦の大火を知っているな」

もちろん、とすみれは答えると、ごくごく簡単に話した。

それは、明暦三年（一六五七）に江戸で起こった大火で、二日間にわたって江戸中を焼き尽くし、焼死者十万人余りともいわれる歴史的大惨事となった――。

「だがそれは」男は言う。「乱雑なまま膨張してしまった江戸の町を、整備し直したかった幕府の陰謀だったという説がある」

「それも知っているわ。その疑惑の大きな根拠は、火元とされている本妙寺。そもそも、強い北西風の吹いている冬の日に、いくら回向といっても、境内で焚き上げをするなんて考えられない。もっと言えば、この本妙寺は、大火の後も全くお咎めがなかったどころか、異例の厚遇を受けて昇格までしている」

「ふん」

「だから本当の火元は、本妙寺と隣接していた老中・阿部《あべ》忠秋《ただあき》邸だったという話もある。江戸を壊滅させてしまったこの大火が、老中の邸から出火したのでは、幕府にとってまずいから、本妙寺に肩代わりしてもらったという。事実、本妙寺は大火以来、二百六十年にもわたって、阿部家から膨大な供養料をもらい続けた」

「しかし、幕府も甚大な被害を受けている」

「それは、彼らが当初想像していた以上に被害が大きくなって、予想を超えて火が回ってしまったからでしょう」

「良く調べたな」男は笑った。「ではその時、犯人と目された男が捕縛されたという話は知っているか」

「えっ」

首を傾げるすみれに向かって、男は言った。

「しかしその男は、罰せられることもなく、もちろん処刑されることもなく、釈放されて行方知れずになったそうだ。あの、八百屋お七でさえ火炙りになった時代だったというのにな」

「どうして……」

「言うまでもない。幕府の手先だったからだ。そいつが、本当の火付け犯だ」

「それは」すみれの胸が、何故かドクンと跳ね上がる。「誰……」

「『徳川実紀』や『加賀藩史料』によれば、有賀《ありが》藤五郎という男だったそうだ」

「と、藤五郎！」

「この男の名前を、聞いたことがありそうだな」男は、ニヤリと笑う。「どこで、聞いた？」

もちろん――。

夢の中だ。

すみれは、こんな猛火に包まれているというのに、背すじが冷たくなる。時折、ゴオッと激しく上がる炎をバックに男は続けた。

「しかし、火付け犯の名前が『ありがとうごろう』とは、冗談のような名前だ。江戸人得意の洒落かも知れんな」

と口を歪めて嗤う。

「だが、藤五郎は少し喋り過ぎた。手に入れた大金で、吉原通いを続け、あの大火以降、吉原を代表する花魁・太夫の一人、勝山とも懇意になり、全てを寝物語で話してしまった。そのために、勝山は殺された――。もちろん、極秘裏に」

「え……」

〝勝山も可哀想だったなあ〟

藤五郎の言葉が、すみれの頭の中に蘇る。

そして、それに関連して小夜衣も火炙りになってしまった話も。

「どうやら、分かったようだが」

唖然としているすみれに向かって、男は言った。

「おまえの前世は、吉原の花魁だ。夕紫《ゆうむらさき》という名前のな」

「花魁……」

「前世のおまえは明暦の大火で焼け出されて、瀕死の姉の薬代を稼ぐために、吉原に身を落とした。そこで、客としてやって来た藤五郎と懇ろになり、やはり勝山たち同様、藤五郎から大火の秘密を寝物語に聞いてしまった。そのために――自殺に見せかけて殺された」

「嘘……」

「嘘だと言うのか」

「嘘に決まってるわ！　口から出任せよっ」

「だが、心の底では分かっているはずだ。藤五郎の言動に不審を抱いたおまえは、奴を問い詰めた。そして殺された」

「な、何を言ってるの」すみれは叫ぶ。「そんな証拠でもあるの！」

「証拠は、おまえの左手首に残っている」

「えっ」

すみれは、思わず自分の左手首を右手で押さえた。

夏でも長袖の服で隠していた場所。半袖シャツの時は、リストバンドをはめていた部分。夏が来るのが、嫌で嫌でたまらなかった理由。

それが、この痕。

すみれの左手首には、真っ赤な筋が一本ついていたのだ。まるで、リストカットをしたような痕が。それを人に見られるのを避けるために、いつも隠していた。

もちろん、傷をつけた覚えなどない。生まれた時からついていた痕——。

しかし。

どうしてこの男が、そんなことを知っているのだ。

「あなたは！」すみれは、燃えさかる炎を背に仁王立ちする男に問いかけた。「一体、誰なのっ」

「藤守信郎。おまえの妹の高校の教師だ」

「えっ。だって、その人は事件に巻き込まれて死んだって——。そ、それに私も卒業生だけど、あなたなんて知らないわ」

「二年前に赴任してきたばかりだからな」藤守はニヤリと笑った。「そしていつか、今回のようなチャンスがやって来るのを、大人しく待っていた。すると、やはり俺たちの世界に通じている谷川南という女生徒が入学してきた」

「まさか……南ちゃんも、江戸の……」

「いや、違う。だがあの子は、間違いなくこちら側の、冷たく暗い世界の人間だった。そこで我々はすぐに親しくなり、色々な話を交わした。すると驚いたことに、あの子の同級生の女生徒の姉が、おまえだということを知った。こんな幸運があるか。これ以上望めないほど最大の生け贄だ」

「生け贄って……」

そうだ、と藤守は舌なめずりしそうな顔で笑った。

「我々の目標は、最初からおまえ一人だったんだよ。あとの人間たちは、おまえという大きな生け贄を彩る殉死者だ」

「そんな……」

「それに、何人もの人間が同時に殺されていれば、警察の捜査の目も、そちらに向けられる。また、いざとなればおまえの妹も容疑者の一人として事件に巻き込んでしまうこともできる」

「たったそれだけの理由で、何人もの人たちを！」

「目赤不動・南谷寺の近くに住んでいた彼女、『谷川南』の名前から思いついた」藤守は笑った。「目青不動・教学院では青山教子、そして平井の目黄不動、牛島神社の別当寺でもあった牛宝山最勝寺では牛嶋理奈。また、目白不動別当新長谷寺では、碑文谷女子高生がいなかったので、他校だが長谷萌美という女子高生に目をつけた」

「そんなくだらない理由で！」

「だが、青山教子も牛嶋理奈も長谷萌美も、八百屋お七と同様に十六歳だった。火で焼かれるには、うってつけではないか。もちろん谷川南もだ。但し目白では、さすがに目青・目赤・目黄の不動尊を狙っていることが発覚したようで警察の監視が厳しく、仕方なくたまたまその時家にいた彼女の兄を生け贄にした」

「何ということを！」

「そうかね」

薄ら笑いを浮かべる藤守に向かって、すみれは叫んだ。

「あなた、本当は誰なのっ」

「仲間内では、闇藤と呼ばれている」

「そんな名前を聞きたいんじゃないわ！　前世の名前よっ」

「名もない、ただの幕臣だった。阿部忠秋の配下の」

「阿部忠秋――」

「だが、そんなことはいい。そろそろ時間だ」

「待って！」すみれは叫んだ。「もう一つだけ聞かせてっ」

もう少し時間を稼がなくては。

母やますみたちには、この火災のニュースが伝わっているはず。そして、すみれが家にいなければ、すぐに警察に連絡を入れてくれるだろう。そして警察は、すみれの捜索を開始する。だから、もう少し。

「どうしてあなたたちは、こんなことをしたの？　まさか、ただ単に、明暦の大火の秘密を暴かれないようにするというだけじゃないでしょう」

「もちろん、それも重要だが」闇藤は口を歪める。「今言ったように、我々は江戸の亡霊たちを解放するのだ」

「亡霊？」

「現在の五色不動や六地蔵は、江戸の時代の罪人——実際は罪もなく、あるいはそれ程の大罪ではないにも拘わらず処刑され、あるいは殺害された人々の魂を封印するという役目を担っている。しかし現代の奴らは、彼らを鎮魂するどころか、その歴史を知ろうともしない。その結果、彼らは誰に慰撫されることもなく暗い『地下』に封じ込められている」

「でも、それをやったのは、あなたたち江戸幕府じゃないの！」

だから、と闇藤は笑う。

「今、我々がもう一度、彼らの霊魂を地上に解き放ってやるのだ。そして、東京中を自由に駆け巡らせる。明治維新以降、逼塞《ひっそく》してしまったこの都市に、再び江戸の活気溢れる生命力を注ぎ込む」

「勝手なことを！　殺したり復活させたり、彼らはあなたたちの玩具じゃない」

「構わない。どうせ奴らは『人』ではないのだ。そして、おまえたち『遊女』もな」

「え……」

「さて、そろそろ時間だ」

わざと惚けた顔で言う闇藤に向かって、すみれは叫ぶ。

「あなたは、本当に魔界の人間なのね！　そういう人たちが、地上の人たちに紛れ込んでいるという話を聞いたことがあるわ。そして、何も知らない善良な人たちを、いつの間にか、あるいは無理矢理に魔の世界に引きずり込む」

「そうかも知れんが」闇藤は片手を上げた。「時間だ」

すると、木立の間から一人の小柄な老人が姿を現した。そして、すぐにすみれの後方に回る。仲間がいたのだ。

「いやあ、闇藤さん」とその老人は言った。「あんたが、わしらの頭《かしら》だったとは知らんかった。失礼した」

「あ、あなたは誰！」

「わしか」その老人は答えた。「『左』と呼ばれとる者じゃ。深川不動尊の裏手に独りで住んでおる年寄りじゃ。そして、闇藤さんの手伝いをしておる」

「やはり、魔界の人間の一人というわけね。だからといって、見たこともない私をいきなり――」

すみれの訴えは、「左」の言葉で遮られた。

「闇藤さん、今までの失礼の代わりに、この娘はわし一人で始末するわい」

「そうしてくれ」闇藤は無表情のまま言った。「俺は火事の様子を見てくる。明王像の焼け具合をな」

「待ってよ！」すみれは叫んだ。「話が終わったら、私の望み通りにしてくれるって言ったじゃない」

「そうだったかな」

「言ったわよっ」

「じゃあ、望み通りにしてやる。死して浄閑寺だ」

「本当に殺すつもりなのっ」

「死んだところで」闇藤は背中を向けた。「どうということはない。人はみな死ぬ」

「嘘つき！」

男は誰もが嘘つき。

泣かされるのは、いつも女。

誰かがそんなことを言っていた。

勝山だったか、小夜衣だったか、小紫だったか——。

「後は頼む」

と言い残して闇藤が去って行くと、

「可哀想じゃが」と老人はロープを手に、じわりとすみれに近づいた。「お別れじゃわい」

「助けてえっ」

すみれは走り出そうとしたが、草むらに足を取られた。風に乗って焦げ臭い煙が、すみれを包み込む。その臭いにむせて思わずしゃがみ込んだすみれの背後に回り込んだ老人が、ロープを首に回してきた。

「ぐっ」

またしても息が止まる。

すみれは抵抗しようとしたが、もうさすがに体が動かなかった。気力も体力も、すでに限界を通り越してしまっている。

もう、いい。

きっと、このまま死ぬんだ。

そうやって、誰もが死んでいった。

勝山太夫も、高尾太夫も、小夜衣も、小紫も、
そして私も。

死しては浄閑寺――。

そんな言葉が、すみれの脳裏に浮かんだ。

だがその時、

「うわあっ」

という叫び声と共にロープが緩み、老人の体は後ろに大きく飛ばされて、草むらの中に転がった。

すみれも前のめりに草むらに倒れ込む。顔を地面にこすった。しかし、肩で大きく

息をしながら両手をついて体を起こす。しかし、周囲を見回しても、誰の姿も見えない。といって、まさか勝手に転がったわけでもあるまい。

するると、ようやくすみれを見つけてくれたのか。煙の向こうからこちらに向かって走って来る二人の男の姿が見えた。

「大丈夫ですかっ」

浅黒く四角い顔の男の呼びかけに、すみれは咳き込みながら「はい……」と答える。そして老人を見れば、まるで何か重しでも背負ったかのように草むらに俯せになったまま、甲羅を押さえつけられた亀のように手足をバタバタと動かしているだけだった。

「お怪我は？」

一緒に走って来た若い男性が、すみれを抱え起こしてくれた。二人は、警視庁の刑事だと名乗った。

「やはり、辻曲さんの言う通りでしたね、警部補」若い刑事が言った。「危ないところでした」

「それは認めよう」と中年の刑事が、苦々しい顔で答える。「とにかく――」

と言って、すみれを見る。

「急いでここを離れましょう。危険だ。この男は、私が連行します」

「あ、あの！」すみれは叫んだ。「南ちゃんがっ」

「え」

刑事たちは、すみれの指差す方向に目をやった。そして、黒焦げになって倒れている南を見てギョッとする。

「これは、大変だ！」

若い刑事が救助隊員に連絡を取る横で、すみれは今までの経緯を、ごくごく簡潔に説明する。

「すぐに、やって来てくれます」若い刑事が、硬い表情のまま言った。「とにかく我々は、急いでここを離れましょう」

老人の手に手錠をかける刑事を見ながら、すみれは若い刑事に寄りかかるようにして、よろよろと草むらを出る。

「くそっ」老人は、吐き捨てるように言った。「あの変な奴さえ現れなければ！」

「ゴチャゴチャ言っとらんで、さっさと歩け」中年の刑事は言う。「ここも、もう危ないぞ」

先ほどの男やこの老人にばかり気を取られていたが、火災は必死の消火活動にもかかわらず、一向に衰える気配はないようだった。それどころか、突風に煽られて、ますます勢いを増していた。風向きによっては、赤い炎と黒い煙が、すみれの家まで届きそうなほどだった。

　ようやくのことで安全な場所まで移動すると、そこには青い目をした白いシベリア猫を抱いた女性と、お下げ髪にリボンを結えた小学生くらいの女の子がいた。刑事たちの知り合いなのだろうか、彼らと話し合いながらすみれを見ていた。

「辻曲さんのおっしゃった通り」と若い刑事は女性に言った。「危機一髪でした」

　すみれを襲った老人が、数人の警官に引き立てられて行ってしまうと、刑事がその女性たちに引き合わせてくれた。辻曲彩音と、巳雨、そして刑事たちは華岡と久野、と紹介された。そして彩音が、どういう経緯ですみれが襲われていることを知ったのかは分からなかったが、警察に通報してくれたらしかった。

「間に合って良かった」彩音は険しい顔を崩さずに言う。「あとは、こちら。どうにかして火を消し止めないと、大変なことになる」

「もっと水かけてよ！」巳雨が言った。「早くしないと、みんな焼けちゃうよっ」

「消防隊も精一杯なんだよ」久野は困ったように答えた。「みんな必死でやってる」

　しかし炎は、風に煽られて更に勢いを増し、本堂を包み込むほどになっていた。消防車も次々に応援にやって来るが、手のつけようもない。このまま風が強くなれば、辺りへの延焼は確実だ。あの、悪夢のような大火の記憶が蘇り、すみれは再び大きな目眩を覚えた。

「祈りが全く通じない」彩音が絶望的な表情で首を振った。「神様と違うから」

「こんな時に祈ったところで、何がどうなるものでもない」華岡は言う。「きみたちは、先に警視庁へ――」

「巳雨」その言葉を無視して、彩音は言った。「泣いてちょうだい。今ここで」

「えっ」巳雨は困ったような顔で、彩音を見返した。「無理だよ、お姉ちゃん……」

「そうね――」まるでもう一人の人間と会話しているような雰囲気で彩音は、頷いた。「恐怖と驚きが大きすぎて、泣くどころじゃなくなったというわけね」

「ニャンゴ！」

「できないよ、グリ」巳雨は悲しそうな顔になって猫を見た。「無理だよ。そんな急に言われても……」

空を見上げれば、少しずつ黒雲が集まり、やがてポツリポツリと雨が落ちてきたが、とても本降りにはなりそうもない。

「ダメだわ」彩音が声を上げた。「間に合わない」

その絶望的な視線の先で、今まさに、本堂が焼け落ちようとしたその時、

「あれ？」巳雨が空を見上げた。「雷雲さんだ」

その言葉が終わるか終わらないかのうちに、空が突然かき曇り、最初は霧雨が、そしてすぐにスコールのような雨が落ちてきた。まさに沛然《はいぜん》たる豪雨に、辺り一面が白

一色に包まれた。

「おおっ」

と周囲から大声が上がり、誰もがずぶ濡れになりながら天を仰ぐ。篠突《しのつ》くような雨は、留まるところを知らぬように地上に降り注ぎ、見る見るうちに地面は濁流となり、まるで真っ白な滝の水の中にいるようだった。

しかし巳雨は、

「巳雨！」彩音は巳雨を抱きしめた。「良くやったわ」

「巳雨じゃないよ」キョトンとして答えた。「だって巳雨、泣いてないもん」

「え……」彩音は巳雨を見る。「そうね……じゃあ、どうして？」

「あっ」巳雨が、前方を指差した。「あの人だ！」

そこには、やはり全身びしょ濡れになりながら、一人の女性が立っていた。肩までの艶やかな髪、透き通るほど白い顔、真紅の唇、そして左目には黒い眼帯——。

「磯笛！」彩音は叫ぶ。「どうしてあなたが、ここにっ」

「動かないで」

磯笛と呼ばれたその女性は、彩音たちを制した。

「この男が、全ての原因を作った」と言って、足元に倒れ伏している藤守——闇藤を指差した。「後は警察の方々に任せます」

「何だとっ」

豪雨の中で叫ぶ華岡に、

「本当です」すみれも大声で訴える。「あの人が犯人ですっ」

と言って、先ほどの会話を簡単に伝えた。それを聞いて「なにい！」と華岡たちは顔を見合わせると磯笛に近づき、闇藤を引きずり起こした。そして警官の応援を頼み、両脇から抱えて連れて行かせる。

「殺したのっ」

問いかける彩音に、磯笛は、

「いいえ」と冷たく笑った。「でも、殆ど死にそうではあるけど」

「どうしてあなたがその男を！　今回の事件は、あなたたちのせいじゃなかったの」

はっ、と磯笛は笑った。

「当然です。そうでなければ、わざわざ苦労してこんな雨など降らせない。私は、高村さまのご命令で魂鎮めにやって来たのよ。でも、その小さな子供のおかげで、楽に雨雲を呼ぶことができた」

「小さくないっ」

怒鳴る巳雨の隣で、彩音は尋ねた。

「この豪雨は、あなただったの！」

「吒枳尼天《だきに》の力を以てすれば、それほど大したことじゃない。でも、きっかけを作ってくれて助かった」

「そもそも怨霊を解き放とうとしていたのは、あなたたちでしょう！」

「私たちの目的は、あの男などとは次元が違う。あいつは、私たちの行為に便乗しただけの低劣な人間。どこにでもいる魔界の者の手先」

磯笛は辺りを見回した。

「もうすぐ、火事も収まる。さようなら」

振り向いて立ち去ろうとする磯笛に、

「待って！」彩音は叫んだ。「あなたたちの目的は何なの。一体何をしようとしているの」

「この世には、決して怨霊の存在を認めない人たちがいる。しかもその理由は、科学非科学という以前の話」

「何を言いたいの……」

というのも、と磯笛は絵のように微笑んだ。

「怨霊の存在を認めることは、自分たちの犯した罪を自白することになるから」

「何ですって！」

「恨みを抱えて呻吟している怨霊がいれば、人々は当然、彼らが何に対してそんなに恨みを募らせているのかと考える。だから、怨霊を作り出してしまった人間は、決してその存在を認めようとはしない。この世にそんなモノはいないのだと主張する。そして、他の人間に向かっても、そんなモノを信じるなと強要する。徹底的に無視すれば、怨霊も自分たちの犯した罪も、この世から消えると思っているのね。バカな話だわ。無視しようがしまいが、彼らはそこにいるというのに」

「それが……」彩音は目を細めた。「あなたたちの行為と、どう関係が?」

「高村さまが、おっしゃったでしょう。この日本を、あるべき姿の日本に戻すと。きちんと神を祀り、人々がお互いを敬い、自然や怨霊と共に暮らす国にする。そうすれば、いらぬ嘘を吐き続ける必要もなくなる」

「え……」

呆然とする彩音たちを残して立ち去ろうとする磯笛を、

「待ちなさい!」華岡が腕を取って止めようとする。「きみも、本庁で話を——」

しかし、

「失礼」

と磯笛は言うとその手をスルリとかわし、白い雨のカーテンの中に吸い込まれるように姿を消してしまった。

エピローグ

全身びしょ濡れになって家に戻った彩音たちは、順番に熱いシャワーを浴びた。

一方、了は、まだ一歩も部屋から出てきてはいないようだった。まだ風呂場ではしゃいでいる巳雨とグリの声を聞きながら、彩音は髪を拭いてリビングのソファに腰を下ろして思う。

結局、五色不動や六地蔵は、単なる江戸の名所でも、街道口の護り神でもなく、ましてや一般に言う「パワースポット」などでもなかった。

というよりむしろ、本来の意味でのパワースポットといえるのかも知れない。というのも、パワースポットは、いわゆる「霊場」と同義だからだ。ゆえにそこには、正の力を与えてくれる霊や、今回の闇藤たちのようにマイナスの世界に導こうとする魔の者たちが、渾然一体となって存在している。そこには必ずそれぞれ強い力を持った「善」も「悪」もいる。

ただ、五色不動に関していえば、天海僧正や家光から始まり、吉宗など歴代の将軍を経て、更に明治政府高官たちによって構築された、敬虔な祈りと真摯な鎮魂の場であることだけは間違いない。罪を犯したのかすらも判然としないままに、刑場の露と消えてしまった「罪人」たち。家族親戚を救うために、吉原を始めとする遊郭に身を落とした遊女たち。命懸けの芸や演技や作品で、時の幕府を批判した人々。正確に言えば、その誰もが「人」として扱われていなかった「人々」だ。そんな彼らや彼女たちの悲しみに思いを馳せて、静かに祈る場所。

それが、江戸五色不動であり六地蔵だった。

今度また改めて、ゆっくりと五色不動をまわってみよう、と彩音は思った。きっと来年の桜も、今までとは違って見えるかも知れない。

そしてその時は必ず、摩季を連れて。

その摩季に関していえば——。

こんなに一所懸命に協力してくれていた陽一が、目黒不動で姿を消してしまったのだ。もちろん、完全に見えなくなってしまったということではなく、

「ぼくは、後から伺います。少し考えたいことができたので……」

と暗い表情で言い残したまま、どこかに行ってしまった。そしてそれ以後、全く連絡が取れなくなってしまった。

一体、陽一に何があったのか……。しかも彩音だけでなく、巳雨もグリもコンタク

トできないようだから、陽一の方で固く心を閉ざしているに違いない。でも、きっとまたここに現れてくれる。彩音はそう信じて、静かに待つことにした。

そんなことを考えながらソファに身を沈めて、うとうとした時、携帯が鳴った。画面を見れば、一昨日の嚴島《いつくしま》神社で会った、観音崎栞《かんのんざきしおり》からだった。

「もしもし」と電話に出た彩音に、元気の良い栞の声が飛び込んできた。

「彩音さんですかっ。今、私、東京に来てるんです」

「え……」

栞は、十種の神宝の一つ「辺津鏡《へつ》」を手に入れているのだ。それを知人に託して、彩音のもとに届けてくれると言っていたのだが——。

「東京の出張が、金山《かなやま》さんになったので、一緒にくっついて来ちゃったんです」

金山武彦《たけひこ》だ。栞は、武彦の亡くなった奥さんと、とても親しかったと言っていた。

「でも」と彩音は心配して尋ねる。「あなた、体調はどうなの？　一昨日入院したでしょう」

「それが、一日経ったらすっかり良くなってしまって。もう、元気溌剌です」

今朝も、そんなフレーズを口にしていた女の子がいた……。

「これから、お届けします」と栞は続けた。「どちらへ行けば良いですか？」

「あ、ありがとう」

彩音は、車で迎えに行くと答えて、待ち合わせ場所と時間を決め、電話を切った。

とにかく――。

有難いことに、これで神宝は五つになった。

今回、磯笛の手にしているはずの「道反玉《ちがえしの》」を手に入れられなかったのは残念だったが、仕方ない。

そして、期限はあと一日。

間に合うだろうか。

いや、どうしても何とか――。

彩音は心の中で強く祈りながら、注連縄の張られている了の部屋に目をやった。

参考文献

『古事記』次田真幸全訳注／講談社
『日本書紀』坂本太郎・家永三郎・井上光貞・大野晋校注／岩波書店
『続日本紀』宇治谷孟／講談社
『風土記』武田祐吉編／岩波書店
『全譯　吾妻鏡』永原慶二監修／貴志正造訳注／新人物往来社
『新古今和歌集』峯村文人校注訳／小学館
『好色一代男』井原西鶴／横山重校訂／岩波書店
『新版　好色五人女』井原西鶴／谷脇理史訳注／角川学芸出版
『にごりえ・たけくらべ』樋口一葉／新潮社
『檸檬《れもん》・Kの昇天　ほか十四編』梶井基次郎／講談社
『相撲の話』三田村鳶魚／朝倉治彦編／中央公論社
『江戸の花街』三田村鳶魚／朝倉治彦編／中央公論社
『中世の非人と遊女』網野善彦／講談社
『風俗江戸東京物語』岡本綺堂／今井金吾校注／河出書房新社
『虚無への供物』中井英夫／講談社

『鬼の大事典』沢史生／彩流社
『日本架空伝承人名事典』大隅和雄・西郷信綱・阪下圭八・服部幸雄・廣末保・山本吉左右編／平凡社
『日本伝奇伝説大事典』乾克己・小池正胤・志村有弘・高橋貢・鳥越文蔵編／角川書店
『隠語大辞典』木村義之・小出美河子編／皓星社
『日本史広辞典』日本史広辞典編集委員会編／山川出版社
『神道辭典』安津素彦・梅田義彦編集兼監修／神社新報社
『古典落語』興津要編／講談社
『江戸川柳の謎解き』室山源三郎／社会思想社
『江戸川柳のからくり』江戸川柳研究会編／至文堂
『名句鑑賞『誹風柳多留』十一篇を読み解く』佐藤美文／新葉館出版
『知らざあ言って聞かせやしょう』赤坂治績／新潮社
『東京地名考』朝日新聞社会部編／朝日新聞社
『地名で読む江戸の町』大石学／ＰＨＰ研究所
『不動明王』渡辺照宏／朝日新聞社
『仏尊の事典』関根俊一編／学習研究社

『印と真言の本』学習研究社
『梵字手帖』徳山暉純／木耳社
『図解・江戸の遊び事典』河合敦監修／学習研究社
『明治の東京』人文社
『大江戸「古地図」大全』菅野俊輔監修／宝島社
『江戸の華　吉原遊廓』双葉社
『歴史の中の遊女・被差別民　謎と真相』新人物往来社
『歴史の中の聖地・悪所・被差別民　謎と真相』新人物往来社
観世流謡本『舟弁慶』丸岡明／能楽書林
「浮世絵絵画集　名刹　待乳山聖天と周辺地域」待乳山本龍院
「目黄不動尊永久寺　縁起之書」養光山金錍院永久寺
「吉原今昔細見」吉原商店会
「吉原現勢譜今昔図」葭之葉会
「浄閑寺と荷風先生」浄閑寺

＊なお、作品中でインターネット検索及び引用した形になっている箇所がありますが、それらはあくまでも創作上の都合であり、全て右参考文献からの引用によるものです。

本文中に登場する寺社及び史蹟

●江戸五色不動

目黒不動尊（瀧泉寺）	目黒区下目黒三－二十－二十六
目青不動尊（最勝寺・教学院）	世田谷区太子堂四－十五－一
目白不動尊（金乗院）	豊島区高田二－十二－三十九
目赤不動尊（南谷寺）	文京区本駒込一－二十－二十
目黄不動尊（最勝寺）	江戸川区平井一－二十五－三十二
目黄不動尊（永久寺）	台東区三ノ輪二－十四－五

●江戸六地蔵

品川寺	品川区南品川三－五－十七
東禅寺	台東区東浅草二－十二－十三
太宗寺	新宿区新宿二－九－二
真性寺	豊島区巣鴨三－二十一－二十一
霊巌寺	江東区白河一－三－三十二
永代寺（廃寺）	江東区富岡一丁目
浄名院（永代寺代仏）	台東区上野桜木二－六－四

●相撲小屋

富岡八幡宮　江東区富岡一－二十－三

浅草大護院（蔵前神社）　台東区蔵前三－十四－十一

市谷亀岡八幡宮　新宿区市谷八幡町十五

芝神明（芝大神宮）　港区芝大門一－十二－七

回向院　墨田区両国二－八－十

湯島天神　文京区湯島三－三十－一

●関連寺院・史蹟

本妙寺　豊島区巣鴨五－三十五－六

西方寺　豊島区西巣鴨四－八－四十三

浄閑寺　荒川区南千住二－一－十二

待乳山聖天　台東区浅草七－四－一

円乗寺　文京区白山一－三十四－六

大円寺　文京区向丘一－十一－三

小塚原刑場跡（南千住回向院）　荒川区南千住五－三十三－十三

鈴ヶ森刑場跡（大経寺）　品川区南大井二－五－六

この作品は完全なるフィクションであり、
実在する個人名・団体名・地名等が登場することに関し、
それら個人等について論考する意図は全くないことを
ここにお断り申し上げます。

《高田崇史著作リスト》

『QED　百人一首の呪《しゅ》』
『QED　六歌仙の暗号』
『QED　ベイカー街の問題』
『QED　東照宮の怨《えん》』
『QED　式の密室』
『QED　竹取伝説』
『QED　龍馬暗殺』
『QED ～ventus～　鎌倉の闇《くらやみ》』
『QED　鬼の城伝説』
『QED ～ventus～　熊野の残照』
『QED　神器封殺』
『QED ～ventus～　御霊将門』
『QED　河童伝説』
『QED ～flumen～　九段坂の春』
『QED　諏訪の神霊』
『QED　出雲神伝説』
『QED　伊勢の曙光』
『QED ～flumen～　ホームズの真実』
『毒草師　QED Another Story』
『試験に出るパズル』
『試験に敗けない密室』
『試験に出ないパズル』
『パズル自由自在』
『千葉千波の怪奇日記　化けて出る』
『麿の酩酊事件簿　花に舞』
『麿の酩酊事件簿　月に酔』
『クリスマス緊急指令』
『カンナ　飛鳥の光臨』
『カンナ　天草の神兵』
『カンナ　吉野の暗闘』
『カンナ　奥州の覇者』
『カンナ　戸隠の殺皆』
『カンナ　鎌倉の血陣』
『カンナ　天満の葬列』
『カンナ　出雲の顕在』
『カンナ　京都の霊前』
『鬼神伝　龍の巻』
『神の時空　鎌倉の地龍』
『神の時空　倭の水霊』
『神の時空　貴船の沢鬼』
『神の時空　三輪の山祇』
『神の時空　嚴島の烈風』
『神の時空　伏見稲荷の轟雷』
『神の時空　五色不動の猛火』
（以上、講談社ノベルス、講談社文庫）
『鬼神伝　鬼の巻』
『鬼神伝　神の巻』
（以上、講談社ミステリーランド、講談社文庫）
『軍神の血脈　楠木正成秘伝』
（以上、講談社単行本、講談社文庫）

『神の時空　京の天命』
『神の時空　前紀　女神の功罪』
『毒草師　白蛇の洗礼』
『QED ～flumen～　月夜見』
『QED ～ortus～　白山の頻闇』
『古事記異聞　鬼棲む国、出雲』
『古事記異聞　オロチの郷、奥出雲』
『試験に出ないQED異聞　高田崇史短編集』
（以上、講談社ノベルス）
『毒草師　パンドラの鳥籠』
（以上、朝日新聞出版単行本、新潮文庫）
『七夕の雨闇　毒草師』
（以上、新潮社単行本、新潮文庫）
『卑弥呼の葬祭　天照暗殺』
（以上、新潮社単行本、新潮文庫）
『源平の怨霊　小余綾《こゆるぎ》俊輔の最終講義』
（以上、講談社単行本）

|著者|高田崇史　昭和33年東京都生まれ。明治薬科大学卒業。『ＱＥＤ 百人一首の呪』で、第９回メフィスト賞を受賞しデビュー。

高田崇史公認ファンサイト『club TAKATAKAT』
URL:http://takatakat.club　管理人:魔女の会
Twitter:「高田崇史@club-TAKATAKAT」
facebook:高田崇史Club takatakat　管理人:魔女の会

●この作品は、二〇一六年七月に、講談社ノベルスとして刊行されたものです。

神《かみ》の時空《とき》　五色不動《ごしきふどう》の猛火《もうか》

高田崇史《たかだたかふみ》

講談社文庫

定価はカバーに
表示してあります

2019年７月12日第１刷発行

発行者――渡瀬昌彦
発行所――株式会社　講談社
東京都文京区音羽2-12-21　〒112-8001
電話　出版（03）5395-3510
　　　販売（03）5395-5817
　　　業務（03）5395-3615

Printed in Japan

デザイン―菊地信義
本文データ制作―講談社デジタル製作
印刷――――豊国印刷株式会社
製本――――株式会社国宝社

ISBN978-4-06-516246-0

講談社文庫刊行の辞

二十一世紀の到来を目睫に望みながら、われわれはいま、人類史上かつて例を見ない巨大な転換期をむかえようとしている。

世界も、日本も、激動の予兆に対する期待とおののきを内に蔵して、未知の時代に歩み入ろうとしている。このときにあたり、創業の人野間清治の「ナショナル・エデュケイター」への志を現代に甦らせようと意図して、われわれはここに古今の文芸作品はいうまでもなく、ひろく人文・社会・自然の諸科学から東西の名著を網羅する、新しい綜合文庫の発刊を決意した。

激動の転換期はまた断絶の時代である。われわれは戦後二十五年間の出版文化のありかたへの深い反省をこめて、この断絶の時代にあえて人間的な持続を求めようとする。いたずらに浮薄な商業主義のあだ花を追い求めることなく、長期にわたって良書に生命をあたえようとつとめるところにしか、今後の出版文化の真の繁栄はあり得ないと信じるからである。

同時にわれわれはこの綜合文庫の刊行を通じて、人文・社会・自然の諸科学が、結局人間の学にほかならないことを立証しようと願っている。かつて知識とは、「汝自身を知る」ことにつきていた。現代社会の瑣末な情報の氾濫のなかから、力強い知識の源泉を掘り起し、技術文明のただなかに、生きた人間の姿を復活させること。それこそわれわれの切なる希求である。

われわれは権威に盲従せず、俗流に媚びることなく、渾然一体となって日本の「草の根」をかたちづくる若く新しい世代の人々に、心をこめてこの新しい綜合文庫をおくり届けたい。それは知識の泉であるとともに感受性のふるさとであり、もっとも有機的に組織され、社会に開かれた万人のための大学をめざしている。大方の支援と協力を衷心より切望してやまない。

一九七一年七月

野間省一